AF221891

Amelie C.
LAHOSZ

Amelie C. Vlahosz

Eine falsche Wahrheit

Was geschah am 5. Juni?

Bibliografische Information der Deutschen Nationalbibliothek: Die Deutsche Nationalbibliothek verzeichnet diese Publikation in der Deutschen Nationalbibliografie; detaillierte bibliografische Daten sind im Internet über dnb.dnb.de abrufbar.

© 2023 Amelie C. Vlahosz

Herstellung und Verlag: BoD – Books on Demand, Norderstedt

ISBN: 9-783756-874507

Amelie C. Vlahosz

Eine falsche Wahrheit

Was geschah am 5. Juni?

Für alle betroffenen Menschen.

Ich wünsche euch das Beste, für die Zukunft und euer restliches Leben.

Triggerwarnung Dieses Buch behandelt die Themen:

Sexuelle Misshandlung, Depressionen, Selbstmord und Mobbing

Hilfe könnt ihr finden unter:
TelefonSeelensorge: 0800 1110111

Prolog

Es regnet.

Mir ist kalt.

Der fünfte Juni.

Ich werde bald achtzehn.

Und heute wollte er, dass ich mit ihm über meine Zeugnis-Bio-Note sprechen sollte. Aber das tat er nicht ...

Hätte ich denn je ahnen sollen, dass mir mal so etwas passieren würde? Hätte das irgendwer? Und dann noch von solch einem Mann?

Ich versuche zu kotzen, aber es kommt nichts raus. Meine Gedanken drehen sich. Und dann ist da er, mit diesem ekelhaften Grinsen im Gesicht und diesen Worten, die ich immer mit mir tragen werde: „Niemand wird es dir glauben. Niemand."

1

Ich lief durch den Regen, der kalt meinen Körper hinunterlief. Ich zitterte, aber ich war taub für alles. Heiße Tränen liefen meine Augen hinunter.

Das konnte doch nicht wirklich passiert sein.

Das durfte einfach nicht passiert sein.

Er ließ einen frustrierten und wütenden Schrei aus seiner Kehle entkommen. Das war doch sicher nur ein Traum. Es musste einfach ein Traum gewesen sein. Aber die Schmerzen, die er hatte, sagten ihm etwas anderes.

Dieser Schuft! Dieses Schwein! Dieses Dreckige Schwein! Er sollte auf der Stelle verrecken! Aber qualvoll.

Niemals sollte er auch nur einen Finger bewegen dürfen.

Was ein Heuchler.

Es war bereits dunkel. Nur die Straßenlichter schienen.

Eigentlich sollte er nach solch einem Erlebnis Angst haben. Angst alleine durch einen so dunklen Park zu laufen. Angst durch die darauffolgenden dunklen Straßenwege zu laufen. Die dunklen Häuser um ihn, die Angst es hier vielleicht erneut erleben zu müssen.

Aber ihm war alles egal. Alles. Die Schule, seine Bio Arbeit, seine Mutter - die wohl wütend auf ihn wartete - und auch sein Leben. Es war ihm einfach egal. Ein Auto könnte ihn jetzt einfach überfahren und es würde ihn nicht interessieren. Er würde einfach nur mit diesen leeren Augen in den Himmel gucken und nur hoffen ein letztes Mal die Sterne sehen zu können.

•••

Er kam zu Hause an, öffnete die Tür und betrat den dunklen Flur. Er sah niemanden. Seine Mutter schlief auf dem Sofa. Sie hatte sicher auf ihn gewartet. Nur das Licht vom laufenden Fernseher war noch an.

Er legte eine Decke über seine Mutter, schaltete den Fernseher aus und lief die Treppenstufen hoch, die zu seinem Zimmer führten.

Seine Haare tropften, so wie seine Kleidung, weswegen er seine Heizung anschaltete und sich auf sein Bett warf.

Erneut liefen ihm die Tränen sein Gesicht hinunter. Wie sollte man sich nur von so was erholen? Sollte er zur Polizei gehen? Da kamen ihn schon wieder diese Worte in den Sinn.

Niemand wird es dir glauben. Niemand.
Er war nur ein Junge, kein Mädchen. Es würde ihm wirklich niemand glauben. Jungen glaubte nun mal niemand -wo Mädchen bei sowas doch schon kaum geglaubt wurde. Ihm als Jungen würde man es da erst recht nicht glauben. Jungen hatten immerhin stark zu sein. Es wäre ja gar nicht möglich, dass einem fast erwachsenen Jungen so etwas angetan werden könnte. Am Ende würde er sicher sogar noch mehr Probleme dadurch bekommen, wenn er es sagen würde. Also würde es ihm niemand glauben, ganz einfach.

Und wenn doch?

Irgendwem sollte er es sagen.

Er war erschöpft. Er war so erschöpft.

Er würde es jemandem erzählen, aber nicht mehr an diesem Tag.

Seine Augen waren angestrengt. Sie fühlten sich trocken an. Seine Augenlieder wurden auch immer schwerer. Bis sie ihm einfach zu fielen und er einschlief.

2

Er wachte in seiner noch feuchten Kleidung auf. Seine Haare waren auch noch nicht getrocknet.

Er zog sich andere Sachen an. Die noch nassen Sachen, die er gerade an hatte warf er in den Müll. Er wollte sie nicht mehr.

Seine Lieblingssachen, waren nun der größte Abscheu für ihn. Wer wusste, ob er sich überhaupt je trauen würde, wieder eine schwarze Jeans und blaues T-Shirt anzuziehen, ohne daran erinnert zu werden. Alleine in die Schule zu gehen würde ihn wohl daran erinnern. *Er* war schließlich da. Dieser schreckliche Mensch. Nein, kein Mensch. Ein Monster. Ein scheiß Monster.

Er ballte seine Hände zu Fäusten. Er versuchte seine Tränen zu unterdrücken, aber sie drangen trotzdem durch. Er wischte sie schnell weg.

Warum musste es ausgerechnet ihn treffen? Was hatte er denn so Schlimmes getan? Was hatte er falsch gemacht, dass ihm so etwas angetan wurde? Weil er seine Bio Arbeit verhauen hatte? Was sollte das denn bitte für ein dummer Grund sein? War das wirklich so schlimm?

Er schüttelte seinen Kopf und lief runter in das kleine Wohnzimmer. Seine Mutter stand in der Küche. Sie lächelte. Anscheinend störte es sie gar nicht, dass er erst mitten in der Nacht nach Hause gekommen war.

„Hallo, Jackson. Schon wach? Heute ist doch gar keine Schule."

Er nickte.

Vielleicht störte es sie ja deswegen nicht?

Er musste es ihr jetzt sagen, sonst würde er es niemals tun. Er fing an zu sagen: „Mom, gestern da ...", sie drehte sich zu ihm um, mit einem Lächeln im Gesicht, doch da hörte er auf zu sprechen.

Wie sollte er ihr das nur sagen? Wie würde sie dann reagieren?

Sie war gerade so glücklich. Sie hatte endlich wieder einen neuen Freund. Sie war glücklich mit ihm. Würde sie immer noch so glücklich sein, wenn er ihr so etwas sagen würde?

Er starrte nur ins Leere. Sie würde unglücklich werden. Schrecklich unglücklich. Er konnte es ihr nicht sagen. Unter gar keinen Umständen. Aber wem sollte er es sonst sagen?

„Ja, was war gestern?", fragte ihn seine Mutter. Ihr Lächeln war immer noch da.

„Ach nichts", sagte er. „Nicht so wichtig. War nichts. Vergiss es wieder."

Ein Stück ihres Lächelns verschwand, hielt sich aber noch. „Oh, na gut."

Sie stellte ihm ein bestrichenes Brot hin, das er sofort

nahm. Er biss rein, aber legte es dann wieder hin. Er hatte eigentlich keinen Hunger. Er bekam so oder so nichts runter.

Seine Gedanken hingen immer noch an Freitag. Er hatte ganz vergessen, dass heute Samstag war, denn er war einfach noch bei Freitag. An diesem Ort. In diesem verlassenen Raum, in dem niemand seine Schreie hörte.

Seine Mutter hatte gerade wieder ein neues Brot schmieren wollen. Sie wandte ihm ihren Rücken zu und wollte ihm gerade etwas sagen, wobei sie ihren Kopf leicht nach hinten drehte. Aber als sie nach hinten sah, war er bereits verschwunden. Sie wunderte sich noch, warum er sich so seltsam verhalten hatte, bemerkte das angebissene Brot und legte es auf ihren eigenen Teller, bevor sie ihrer Beschäftigung weiter nach ging.

Jackson währenddessen saß auf seinem Bett und starrte die Decke an.

Das war alles echt. Seine Schmerzen, sein Trauma. Seine Angst.

Diese furchtbare Angst.

Es quälte ihn. Die Erinnerungen.

Wie würde er reagieren, wenn er ihn wieder sehen würde, was er ganz bestimmt tat.

Etwas zog sich in ihm zusammen. Er hatte das Gefühl zu kotzen, aber wieder einmal, kam nichts.

Er sollte es jemandem beichten. Aber seiner Mutter konnte er es nicht sagen. Seinen Freunden besser auch nicht. Die einzige Person, die er vertraute, war seine Mutter.

Er überlegte ganze Zeit hin und her, ob er es ihr

nun sagen sollte, oder nicht. Also schrieb er alles auf einen Zettel. Alles von Anfang bis Ende. Aber dann nahm er doch ein anderes Blatt.

Er schlich sich runter und legte das Blatt auf den Essenstisch, dann verlies er schnell das Haus. Seine Mutter sah nur, wie er noch die Tür schloss, bevor sie nach ihm rufen konnte. Dann sah sie den Zettel. Sie schaute drauf und las: *Mom, ich wurde vergewaltigt.*

3

Es war windig, es stürmte ja schon regelrecht. Er hätte sich eine dickere Jacke anziehen sollen; ihm war kalt, aber es störte ihn nicht. Er konnte nur daran denken, wie seine Mutter gerade den Zettel las. Er stellte sich ihre Reaktion vor: traurig, wütend, enttäuscht, verwundert. Alles. Sie hatte sicher gemischte Gefühle. Glaubte sie es überhaupt?

Da waren sie wieder, diese Worte in seinem Kopf: *Niemand wird dir glauben. Niemand.*

Sie würde es ihm nicht glauben. Was hatte er sich nur dabei gedacht? Sie würde es als Lüge abtun und ihm eine deftige Ohrfeige verpassen. Das war wohl leider die Wahrheit, aber an seiner Hoffnung konnte er trotzdem nicht loslassen. Wenigstens sie sollte ihm glauben. Sie war seine Mutter. Sie musste es ihm doch glauben, denn wenn sie es nicht tat, dann würde es niemand tun.

Ob er zurück gehen sollte? Sollte er ihr doch lieber noch etwas Zeit geben?

In seiner Tasche klingelte es.

Seine Mutter.

Er überlegte, ob er dran gehen sollte oder ob er

doch lieber auflegen sollte. Dann legte er doch lieber auf. Er drückte sie schnell weg.

Erst jetzt verstand er, wieso er es tat. Er weinte und er wollte nicht, dass sie seine zitternde Stimme hörte.

Er sah in den Himmel, der Wind zauste durch sein blondes Haar. Ihm lief eine Träne langsam die Wange runter.

Niemals könnte er diesen Tag vergessen. Diese rauen Hände, den dumpfen Atem, die eisigen Blicke. Er war schockiert, erstarrt, konnte nichts sagen, nur schreien.

Er versuchte alles aus seinem Gedächtnis zu löschen, aber es ging nicht.

•••

Es wurde langsam dunkel, aber er bemerkte es erst nicht. Er bemerkte seinen schmerzenden Hals nicht. Er bemerkte seinen zitternden Körper nicht. Er merkte nicht, wie er vor Kälte nicht vorankam.

•••

Es war bereits dunkel, als er wieder zu Hause

ankam.

Ihm gingen diese Bilder einfach nicht aus dem Kopf. Ihm ging einfach gar nichts aus dem Kopf. Genauso kam nichts Neues rein. Es gab nur diese Bilder und nichts anderes. Für anderes gab es keinen Platz.

Wie konnte jemand einer anderen Person nur so etwas antun?

Es war schrecklich. Sein ganzes Leben würde nur durch diesen einen Tag, wegen dieser einen Person zerstört sein.

Er bemerkte es nicht, aber er weinte wieder. Alles in ihm war wie betäubt. Existierte er überhaupt noch? War er wirklich noch da? War das die Wirklichkeit, die echte, richtige Wirklichkeit?

Er bemerkte seine Mutter erst nicht, wie sie schrie, dass sie sich Sorgen gemacht hatte und wissen wollte, wo er war, aber er weinte nur. Seine innere Leere, die er seit gestern verspürte, das Gefühl nichts wert zu sein ... Es war ein Krampf. Er bekam keinen Ton raus.

Seine Mutter sah es, wie er weinte, wie er zitterte; wie zerstört er war.

„Es tut mir leid", quetschte er raus. „Es tut mir so leid, Mama."

Sie umarmte ihn, versuchte ihn zu beruhigen, ihm zu sagen, dass es nicht seine Schuld war, dass alles wieder gut werden würde. Nur, war das wirklich so?

Er glaubte es nicht. Er glaubte, dass sein Leben seit gestern keinen Sinn mehr hatte. Und wenn morgen vorbei war und der Montag wieder los ging, dann würde er den ganzen Schmerz noch einmal spüren. Sein Albtraum würde wieder von vorne los gehen, er würde es nicht aushalten. Er würde aus dem Fenster springen und nicht zurücksehen. Er würde einfach nur befreit sein.

Sein Herz raste bei dem Gedanken. Warum sollte er warten? Warum würde er es nicht jetzt einfach tun?

Nein! Dann hätte dieser Dreckskerl ja gewonnen. Er soll dafür zur Rechenschaft gezogen werden.

„Wir gehen zur Polizei, okay?", fragte seine Mutter.

Er nickte.

Die Polizei, ja, die würde ihm sicher helfen.

Seine Mutter holte ihre Sachen. Sie zog sich ihre Jacke über und steckte Handy, Schlüssel und Portmonee in ihre Jackentasche. Sie zog ihren Sohn mit sich, der in der Zeit wieder komplett aufgewärmt wurde. Sie setzten sich in das graue Auto und fuhren los.

In ihrer Umgebung gab es keine Polizeistation, sie mussten erst eine Weile fahren, um in die nächste Stadt zu kommen.

•••

Sie versuchten den richtigen Weg zu finden und bis sie ihr Ziel erreicht hatten, war es bereits in der Nacht. Die Wache hatte trotzdem noch offen, weswegen sie sofort rein gingen, beziehungsweise ging er schon mal vor, weil seine Mutter noch parken musste.

Er öffnete die Tür und sofort sah ein Kopf über den Empfangstresen. Es war ein mittel alter Mann mit schwarzen Haaren und braunen Augen. Er sah ihn fragend an. Bis Jackson vor ihm stand. Dann fragte der Polizist: „Was kann ich für dich tun?" Er klang nicht besonders freundlich, aber auch nicht böse oder besonders streng. Seine breite Statur ließ ihn aber bedrohlich wirken. Er wackelte kurz seinen Schnäuzer und wartete auf Jacksons Antwort.

„Ich bin hier, weil … Ich möchte eine Vergewaltigung melden", sagte Jackson und versuchte seine Stimme nicht zittern zu lassen.

Es war wohl besser, wenn er erstmal so anfangen würde.

„Wer denn? Warum ist sie dann nicht selber hier? Angst oder wie?"

„Nein … es geht um mich. Ich … bin das Opfer." Jackson war nervös, sein Herz fühlte sich so an, als könnte es jeden Augenblick aus seiner Brust springen. Schweiß lief ihm kalt den Rücken runter und es fühlte sich beinahe für ihn so an, als wäre er ein Wasserfall.

Der Polizist lächelte kurz bei der Antwort. Dann lachte er. Er fand es wohl sehr lustig. „Was sagtest du da? Vergewaltigt? Junge, du siehst stark genug aus. Ich glaube nicht, dass das der Fall ist. Weswegen bist du wirklich hier?"

Die Aussage des Polizisten ließ ihn erschaudern. Meinte er das gerade ernst? Er hatte doch gerade gesagt, warum er da war. Er hatte seinen Grund doch gerade genannt.

Er versuchte es dem Polizisten erneut zu erklären, aber dieses Mal sagte er es nicht so sicher -wobei er davor bereits recht unsicher war. Seine Stimme wurde leiser, sie zitterte etwas, er stotterte eher, als klar zu sprechen: „I-i-ich wurde ... ich wurde vergewaltigt."

Der Polizist sah ihn verständnislos an. „Hör mal, Junge, wir haben für Späße keine Zeit.

Wenn du was Richtiges zu sagen hast, dann sag es einfach. Wenn du es einfach sagst, dann werden wir es dir schon glauben, ist es auch noch so dämlich. In deinem Alter passieren doch lauter so komische Späße."

Jackson überlegte, sollte er es nochmal versuchen oder doch lieber gehen? Diese Sache hier brachte ihn scheinbar nicht weiter. Der Mann glaubte es ihm nicht. Ein Polizist, der sich um jedes Leid kümmern soll, glaubte es nicht, interessierte sich nicht dafür - und sagte dann noch etwas so Widersprüchliches(!). Was sollte das denn?

Er wollte gerade sagen, dass es doch nichts war und gehen, aber da kam schon seine Mutter rein.

„Du stehst ja noch hier. Hast du schon deine Aussage getätigt?", fragte sie.

Der Polizist sah zur Tür, wo Jackson seine Mutter stand, und dann zu Jackson.

Jackson sagte dann nur trostlos: „Ja, aber er glaubt mir nicht." Er wollte zur Tür.

Raus und nie wieder kommen, dachte er sich.

Seine Mutter sah ihn erst schockiert an und dann den Polizisten. Ihr schockiertes Gesicht wandelte sich sofort in pure Wut um.

Der Polizist lächelte kläglich. „Das war ja nur Spaß. Alles nicht so wild", sagte der Mann.

„Was soll denn das heißen? Sie sind doch Polizist? Dann sollten sie auch jedes Anliegen ernst nehmen!" Jacksons Mutter kochte regelrecht.

Der Mann suchte in einem Blätterhaufen nach ein paar Zetteln.

„Also ... wegen einer Vergewaltigung?", fing der Mann stotternd an. Er sah beide fragend an.

Jackson nickte, sah aber auf den Boden. Er wollte den Mann nicht mehr ansehen. Er mochte diesen Mann nicht.

„Ja, so ist es", sagte seine Mutter.

Der Mann nickte und schrieb etwas auf ein Papier. Er reichte ein Blatt, welches auf einem Klemmbrett befestigt war, und einen Stift über die Theke. „Füllen sie das bitte aus und ich bräuchte ihren Ausweis, um ihre Personalien aufzunehmen. Und ..." Der Mann sah Jacksons Mutter in die Augen, noch immer ungläubig „... glauben sie ihm", er nickte Jackson zu und sah kurz zu ihm „das wirklich? Er sieht nicht gerade nach dem Schwächsten aus."

Jackson biss sich auf seine Lippe, er war den Tränen nah. Er zitterte am ganzen Körper, seine Hände waren zu Fäusten geballt. Er wollte einfach nur da weg.

Seine Mutter jedoch fand das Gerede, von dem Polizisten, gar nicht toll. „Na hören Sie mal! Ich sehe doch, dass es meinem Sohn nicht gut geht. Er verhält sich seltsam und ist abweisend. Er isst kaum und will nicht sprechen. Ja, ich glaube ihm das alles!" Sie verlor schon fast ihre Beherrschung.

„Jaja, schon gut, schon gut", versuchte der Mann sie zu beruhigen.

Sie schnappte sich die Papiere und nahm ihren Sohn zu einem der Stühle, die am Eingang standen. „Wie so einer zu seinem Job kommt. Völlig unverständlich", zischte sie.

Jackson achtete nicht weiter drauf. Ihm war die ganze Situation extrem unangenehm. Er wünschte sich an einen anderen Ort, weit weg von hier. Am liebsten an einen verlassenen Ort, wo niemand außer er sein würde. Keine Fragen. Keine komischen Blicke. Keiner außer er.

Er hörte das Geräusch von Stift auf Papier, wie es beschrieben wurde, das Kratzen und Rascheln, es beruhigte ihn unglaublich.

Hätte er nicht etwas gegen ihn tun können?

Nein.

Er fing wieder zu zittern an. Er krallte seine Finger in die dünne Hose. Er fühlte sich eklig, beschmutzt. Er hatte sich vor ein paar Stunden geduscht, bevor er das Haus verließ. Aber egal wie sehr er sich geschrubbt hatte, das beschmutzte Gefühl klebte an ihm.

Er unterdrückte seine Tränen, aber ein leises Wimmern drang trotzdem aus ihm heraus. Seine Mutter schien es nicht zu bemerken, sie war viel zu sehr damit beschäftigt, die Blätter auszufüllen. Er war deswegen erleichtert. Ihn belastete das Ganze eh schon. Er wollte seine Mutter nicht noch mehr da reinziehen, das würde für ihn alles nur noch schlimmer machen.

Seine Mutter hörte auf zu schreiben. Sie sah kurz

zu ihm, lächelte kurz, aber er sah nur weiter auf seine Hände.

Seine Mutter stand auf, er wollte es ihr gleichtun, sie aber schüttelte nur mit ihrem Kopf und sagte sanft: „Bleib ruhig sitzen. Ich bringe das nur schnell zu dem Mann vor."

Er nickte stumm und lehnte sich an den Stuhl zurück. Er sah ihr zu, wie sie alles nach unten reichte. Sie sagte etwas, aber bei ihm kam nichts an.

Der Mann sah von seinem Stuhl aus zu ihr hoch. Er sagte auch etwas, aber Jackson sah nur wie sich seine Lippen bewegten.

In seinem Kopf fiepte es, sonst drangen keine Geräusche zu ihm durch.

Wieder kamen ihm die Bilder in den Kopf.

Er, wie er auf einen Tisch geworfen wurde. Wie er schrie, wie er versuchte abzuhauen. Wie er dann einfach nur noch erstarrte, als ...

Seine Mutter tippte ihn an.

Er zuckte zusammen und sah zu seiner Mutter. Sie sah ihn besorgt an.

„Alles in Ordnung?", fragte sie.

Er sah den Blick des Mannes, er sah verwirrt aus, als würde er merkten, dass doch etwas nicht ganz stimmte.

Er sagte nicht. Jackson stand nur auf und verließ schnell das Gebäude. Seine Mutter kam hinterher.

„Sie wollen morgen anrufen, heute ist es schon zu spät.

Ich werde für dich morgen in der Schule anrufen. Du musst da nicht hin, du kannst morgen einfach zu Hause bleiben. Es werden allerdings morgen ein paar Männer zu uns kommen, die dir ein paar Fragen stellen werden.

Das wird für dich doch hoffentlich nicht so schlimm sein?", fragte sie.

War wirklich schon Sonntag? War nicht Samstag? Morgen sollte doch Sonntag sein? War er wirklich so benommen gewesen, dass er einen ganzen Tag verpasst hatte? Das konnte doch gar nicht sein! Soweit war es doch noch gar nicht mit ihm gekommen, oder? Ein wenig Zeitgefühl besaß er noch, auch wenn es nur um die Tage und nicht Minuten oder Stunden ging. Da konnte er zugeben, dass er jegliches Gefühl verloren hatte -und das nicht nur bei der Zeit.

Jackson antwortete nicht auf ihre Frage, weswegen sie es noch einmal versuchte. Sie versuchte direkt in sein Gesicht, seine Augen, zu sehen, doch er wirkte so, als hätte er Klappen auf, die alles, was um ihn herum geschah, von ihm abschirmten.

„Jackson? Hast du mich verstanden?" Sie sah ihn eindringlich an.

Jackson jedoch sagte immer noch keinen Ton, die Stimme seiner Mutter ging an ihm vorbei. Er bekam sie nur oberflächlich mit, aber in sein Unterbewusstsein, da schaffte sie es nicht hin. Er lief einfach nur zum Auto.

Sie merkte, dass ihre Versuche sinnlos waren, daher beließ sie es dabei. Vermutlich musste er erstmal wieder einen klaren Kopf bekommen, bevor er wieder normal auf etwas reagieren konnte. Er war immerhin traumatisiert. Eine Vergewaltigung steckte man nicht mal so eben einfach weg.

Seine Sorge in diesem Moment war jedoch dieser Ort, der eigentlich Schutz und Sicherheit bieten sollte, gewesen. Endlich war er da raus. Endlich konnte er wieder nach Hause.

Im Moment war es nirgendwo sicher, außer in seinem Zimmer. Er wollte jetzt einfach nur in sein Zimmer.

4

Heute sollte er in der Schule sein, aber stattdessen saß er im Wohnzimmer und ihm gegenüber zwei Männer in ihren Polizeiuniformen. Er fragte sich, ob Befragungen von Opfern immer in deren Häusern stattfanden, um sich sicherer zu fühlen oder, ob so was überhaupt so gemacht wurde. Er glaubte nicht.

Seine Mutter war in der Küche und telefonierte. Sie war an diesem Tag nicht zur Arbeit gegangen, um ihrem Sohn Unterstützung zu geben. Sie klärte in diesem Moment alles mit ihrem Chef. Als sie fertig war, setzte sie sich neben ihren Sohn. Er war ihr dankbar dafür. Er wollte jetzt nicht alleine sein. Nicht mit diesen Männern und auch sonst niemandem.

„Also ... Jackson, richtig?", fing einer der Männer an. Er hatte strohblonde Haare und warme blaue Augen. Bei ihm stand auf dem Namensschild M. Schrot. Der Mann von letzter Nacht war auch da - leider, wie Jackson dachte.

Jackson nickte.

„Du kamst zu uns, weil du vergewaltigt worden bist, auch richtig?"

Jackson nickte erneut, sah aber immer noch

niemanden der Männer oder seine Mutter an. Er hatte nur seine Hände auf den dünnen Beinen und ballte sie zusammen. Er starrte sie an. Sein Hals war trocken und er unterdrückte ein Zittern.

„Kanntest du diese Person?"

Ein erneutes Nicken.

Seine Mutter sah ihn etwas schockiert an. Sie wusste selber noch nichts genaueres.

„Männlich?"

Ein erneutes Nicken.

„Wie ist sein Name?"

Nun zitterte er doch.

„Wenn es dir hilft, dann kannst du es auch einfach nur aufschreiben." Der Mann sah zu seinem Kollegen und deutete mit seinem Kopf auf Jackson.

Der Mann reichte ihm einen Block und Stift.

Jackson nahm beides zitternd entgegen. Er fing an zu schreiben, aber sein Zittern machte es ihm nicht leichter. Er versuchte seine Tränen zu unterdrücken, aber ein paar liefen trotzdem sein Gesicht hinunter. Ein leises Schluchzen war zu hören.

„Jetzt reiß dich aber mal zusammen, Junge. Es ist ja vorbei", sagte nun der andere streng.

Jacksons Mutter warf dem Mann einen kalten Blick zu. Sie wollte etwas sagen, aber Jackson war schneller. „Nichts ist vorbei! Ich muss es immer wieder sehen. Immer wiederholt es sich in meinem Kopf! Es wird niemals vorbei sein!"

Er wollte wegrennen, aber seine Mutter hielt ihn auf.

„Bitte beruhige dich, er hat es sicher nicht so gemeint", sagte der blonde Mann und sah seinen

Kollegen streng an. „Stimmts?", fragte er.

Der andere nickte nur, behielt aber seinen strengen Blick bei.

„Können wir mit der Befragung weiter machen?"

Jackson nickte und setzte sich wieder neben seine Mutter.

„Wie kam es dazu?"

Jackson atmete tief durch. „Ich sollte mit ihm wegen meiner Note in Bio reden. Es war am Freitag, wir hatten die letzte Stunde. Insgesamt die letzte. Wir sind die Abschlussklasse. Wir verlassen die Schule also bald. Er wollte nochmal was mit mir klären, damit ich vielleicht doch eine bessere Note bekomme.

Wir waren die letzte Klasse die da war. Alle waren schon gegangen, ich war dann mit ihm alleine, als die Stunde rum war. Er sagte mir, dass ich mich zu ihm setzten sollte. Er schob einen Stuhl neben sich.

Erst ging es wirklich nur um meine Note. Er sagte, was ich hätte besser machen können. Es betrübte mich etwas. Da legte er seinen Arm um meine Schulter und wollte mir sagen, dass das nicht so schlimm wäre, denn es gebe eine Möglichkeit doch noch eine bessere Note zu bekommen. Da stand er auf und ging zur Tür.

Er sagte mir, dass ich warten sollte, dann verließ er den Raum."

Bevor er weiterreden konnte, sagte der andere Officer, den Jackson nicht leiden konnte: „Also kam es doch zu nichts?"

„Doch. Wie ich sagte, wollte er, dass ich warte. Lassen Sie mich also bitte ausreden." Jackson war wieder den Tränen nah.

Der Blonde deutete ihm weiter zu reden, sah den anderen aber vorher nochmal finster an.

„Ich weiß nicht genau, wie lange es dauerte, aber sicher zwei bis drei Stunden, als die Tür wieder auf ging. Die Putzkraft war in der Zeit schon da gewesen und wieder gegangen."

Der dunkelhaarige Polizist unterbrach ihn. „Wieso hast du so lange gewartet? Hast du nicht versucht, deinen Lehrer zu finden? Es hätte bei so einer Dauer ja gut sein können, dass er dich vergessen hatte."

„Ich habe mir eben einfach nichts weiter dabei gedacht. Erst hatte ich mir meine Arbeiten nochmal genauer angeguckt. Meinen Hefter hatte ich ja mit. Dann wurde ich zwar unruhiger, weil es schon eine längere Zeit dauerte. Aber er ist eben einfach ein Lehrer, bei dem es immer ein wenig länger dauert, weil er sich so leicht verquatscht. Und je länger es dauerte, umso weniger traute ich mich, nach ihm zu suchen. Er hätte ja immerhin jeden Augenblick zurückkommen können."

„Aha." Sehr überzeugt klang er nicht, eher so, als würde es ihn nerven, an diesem Ort zu sein und seine Zeit zu verschwenden. Es war von Anfang an klar, welche Position dieser Mann bezog.

Jackson war sich unsicher, ob er weitersprechen sollte, doch der Blonde deutete ihm erneut, es zu tun -und warf auch seinem Kollegen erneut einen eindeutigen Blick zu.

„Als er wieder kam, sagte er, dass die Schule bereits abgeschlossen war, ich mir aber keine Gedanken machen sollte, denn er habe einen

Schlüssel und würde mich dann rauslassen. Er kam wieder zu mir und setzte sich. Er fragte, wo wir stehen geblieben waren und sagten dann: 'Ah ja, jetzt weiß ich es wieder.' Er sprach dann ganz rau, dass es Wege gibt, die mir eine bessere Note geben würden.

Er legte wieder seinen Arm um meine Schulter. Seine andere Hand landete auf meinem Bein. Ich war völlig perplext. Ich wollte wissen, was er da tat. Seine Hand griff nach meiner. Ich wollte mich losreißen, da warf er mich über den Tisch." Nun fing seine Stimme stärker zu zittern an. Er hatte einen kranken Gesichtsausdruck. Ausdruckslos; leer; betrogen. Er starrte den Boden an. Seine Augen waren ganz groß, als würde es diesen Mann töten. Seine Augen sahen eingefallen aus. „Er zog an meiner Hose ... Und noch an seiner. Er drückte mich auf den Tisch. So doll." Seine Stimme wurde heiser. „Dann zog er den Rest runter und griff an meinen ... Es war, wie ein Spiel für ihn. Dann spürte ich einen schlimmen Schmerz. Er hatte seinen ... Er hatte ihn in meinen ... Er hatte ihn in mich eingeführt. Es war so schmerzhaft. Es war schrecklich. Es kam mir so unendlich lang vor. Er hatte noch in meinen Mund ...

Ich brauch eine Pause", sagte er und ging schnell, bevor seine Mutter – der es bei seiner Erzählung kalt den Rücken runterlief - ihn aufhalten konnte in den Flur.

Er rannte die Treppe hoch und schloss sich im Bad ein.

Er weinte. Er weinte schrecklich.

„Heute wird er wohl nicht mehr reden. Wir gehen wohl besser. Wir werden morgen den Mann aufs Revier mitnehmen und bitten Sie dann, ihren Sohn vorbei zu bringen", sagte der Blonde, den diese Befragung nicht kalt gelassen hatte; der schon beinahe die Emotionen von Jackson angenommen hatte, richtige Empathie, wahres Mitgefühl für ihn zeigte, ihm richtig ansah, wie es ihn mitnahm, wie schmerzvoll diese Erinnerungen für ihn sein mussten, wie schrecklich das alles für ihn sein musste, solch eine schreckliche Erfahrung durchlebt zu haben, davon eingenommen zu werden und darunter zu leiden, ganz im Gegensatz zu seinem Kollegen.

Jacksons Mutter nickte traurig.

„Wer war es denn überhaupt?", fragte der andere. Sein Ausdruck wirkte eher desinteressiert, als würde ihn das Ganze nur auf die Nerven gehen, eine große Lüge sein, damit der Junge mal ein wenig Aufmerksamkeit bekam. Er glaubte nicht auch nur ein Wort von dem, was gesagt wurde.

„Ein Freund, der ihm 'helfen' wollte?", sagte seine Mutter unsicher. Diesen Gedanken verwarf sie allerdings schnell wieder, denn woher hätte dieser Freund denn einen Schlüssel zur Schule haben sollen, außer er hätte ihn gestohlen?

Da nahm sich einer der beiden den Block und versuchte den Namen zu lesen. Es war sehr schluderig, durch sein Zittern, geschrieben.

Seine Mutter las es auch und war mehr als

schockiert, denn es war nicht wie vermutet ein Freund, sondern ein Lehrer.

5

Die Polizei war da und hatte ihn mitgenommen. Er sah nicht überrascht oder böse aus. Es schien nicht mal irgendeine Beteiligung in seinem Gesicht zu sein, als würde das alles, gar nichts mit ihm zu tun haben, als hätte er nie irgendwas Schlimmes getan. Er schien sogar eher belustigt zu sein.

Jackson machte es wütend, traurig und frustriert zu gleich.

Wieso konnte dieses Monster nicht einfach gestehen?

Sie waren in diesem trostlos wirkenden Raum. Der so kalt wirkende Tisch, an dem sie saßen. Und dieser Kerl direkt vor Jackson. Er grinste ihn an, als wolle er sagen: „Denk an meine Worte. Denk daran. Es wird nichts bringen. Niemand wird es glauben."

Es beunruhigte ihn. Würde diesem Kerl mehr Glaube geschenkt werden, weil er ein Lehrer und somit eine höher gestellte Person war?

„Sie wissen, warum Sie hier sind?", fing der freundliche Polizist an, diesen Dreckskerl zu fragen.

Dieser antwortete aber nur ganz scheinheilig: „Nein, nicht wirklich. Mir wurde was von einer

Beschuldigung vorgeworfen, dass ich einen meiner Schüler vergewaltigt hätte.

Das verstehe ich nicht so ganz. Ich bin immerhin Lehrer. Warum sollte ich meinen Schülern, und somit Schützlingen, irgendein Leid zufügen?"

„Sie müssen unsere Fragen bitte ehrlich beantworten. Wenn sie lügen, gehen sie gegen das Gesetz und machen sich in jeglichen Hinsichten strafbar."

„Aber gewiss doch."

Der Blonde sah ihn mit ernstem Blick an. Das Verhalten und die Blicke des Jungen wollten nicht aus seinem Gedächtnis verschwinden, dazu konnte er auch noch spüren, wie unwohl er sich in der Gegenwart dieses Mannes fühlte. Eigentlich hätte es ja eine Einzelbefragung gegeben, doch sein Kollege hielt es für besser, wenn das Opfer dabei wäre, damit der Täter vielleicht eher mit der Wahrheit rausrücken oder sich irgendwie auffällig verhalten würde. Wo es ja keine Medizinische Untersuchung mehr geben konnte, nachdem Jackson sich so gründlich geduscht hatte. Oder zumindest war keine ordentliche Untersuchung deswegen mehr möglich, bei der mit Sicherheit etwas rauskam. „Kennen Sie diesen Jungen?"

„Aber natürlich. Er ist einer meiner Schüler. Jackson. Er hatte eine schlechte Note in Biologie, weswegen ich mich letztens nach dem Unterricht mit ihm zusammengesetzt habe, um einen Weg zu finden, diese zu verbessern.

Leider kam es zu keiner Lösung und er wurde sauer. Danach ist er eingeschnappt nach draußen gegangen. Die Note war wichtig für sein Zeugnis und seine Ausbildung.

Muss ihn wohl sehr fertig gemacht haben. Da ist er dann wohl sauer auf mich geworden."

„Gibt es Zeugen?"

„Vielleicht den Hausmeister. Nach dem Unterricht kontrolliert er nochmal alles und schließt überall ab."

Jacksons Herz fing an zu rasen. Der Polizist würde ihm nicht glauben. Man würde ihn für einen Lügner halten.

•••

Der Polizist befragte seinen Lehrer noch etwas, ehe er sich von ihm verabschiedete und sich auf die Suche, nach dem Hausmeister machte.

Er fand ihn recht schnell, da er sich hinter dem Schulgebäude eine Zigarette anzündete.

Er wurde sofort nach dem Tag gefragt. Jedoch kam dabei nichts raus, da er nur sagte, dass er an diesem Tag gar nicht arbeiten war, wegen einem Männerschnupfen.

Es wurden ohne Jackson noch einige seiner Mitschüler befragt. Eigentlich hätte auch sein Lehrer ohne ihn verhört werden sollen, aber dort hatte es sich einfach so ergeben.

Die meisten seiner Mitschüler bezeichneten ihn als Lügner oder Wichtigtuer. Keiner glaubte ihm, da alle den Lehrer als aufmerksam und mitfühlend kannten.

Sie sagten alle aus, dass er bei Problemen immer gerne half oder bei schlechten Noten gerne nach Möglichkeiten der Besserung suchte.

Das alles zu erfahren, ließ Jackson noch schlechter fühlen.

•••

Zwei Wochen dauerten die Untersuchungen -ein Fall, den man schnell durchbekommen wollte. Während dieser Zeit durfte er zu Hause unterrichtet werden, in dem er seine Aufgaben gebracht bekam.

Die Polizei klopfte an die Tür, als er gerade seine Prüfungsvorbereitungen erledigte. Seine Mutter rief ihn nach unten und er kam mit schleifenden Schritten die Treppe nach unten gelaufen.

Da sah er die Gesichter der Männer, die seinen Fall untersucht hatten. Seine Brust schmerzte in diesem Augenblick.

„Wir sollten uns besser setzen", sagte der freundliche Polizist. Seine Miene sah erschöpft aus und er strich sich auf einmal kurz über sein Gesicht.

Sie setzten sich an dieselbe Stelle, wie damals, beim ersten Mal. Alle saßen sie wie damals.

„Bei der körperlichen Untersuchung wurde nichts gefunden. Abgesehen von leichten Flecken, die eher so aussahen, als wäre er wo gegen gestoßen und nichts weiter."

Natürlich ist das so, ich **wurde** *ja auch wo gegen gestoßen*, dachte sich Jackson. Schweiß brach aus und er fing an zu zittern.

„Bei seinen Befragungen kam es auch zu Aussagen, die nicht immer übereingestimmt haben."

Ich sollte sie ständig wiederholen. Ich habe nur bestimmte Momente in meinem Kopf, die sich mir eingebrannt haben. Ich will da nicht mehr dran denken müssen! Dennoch haben sie es immer von neuem aufwirbeln müssen!

„Und bei den Befragungen seiner Mitschüler und Lehrer gab es Momentan wohl ein paar Auffälligkeiten bei ihm."

Ich lerne viel, damit ich in Biologie besser werde! Ich schlafe nicht mehr genug und bin deswegen etwas gereizt.

„In allen würden wir dazu sagen, dass er seinem Lehrer eins auswischen wollte."

Nein! Nein, das stimmt nicht! Glaubt mir doch, ich habe die Wahrheit gesagt!

„Wir werden ihm keine Geldstrafe oder so geben, das dürfen wir auch gar nicht, wir sind ja nicht vor einem Gericht.

Da es das erste Mal ist, dass er Probleme verursacht hat, werden wir ihn mit einer Verwarnung davonkommen lassen. Aber sollte so etwas noch einmal vorkommen, dann wird es problematisch für dich werden, Junge."

Ich soll Probleme gemacht haben? Meinen sie das wirklich ernst?

Alles um sonst. Ich hätte nie etwas sagen sollen. Die körperliche Untersuchung, sie war so unangenehm und dann die ständigen Fragen, die immer zu wiederholt wurden. Eine reine Qual. Alles um sonst.

Hatte ihm nicht einmal der Blonde geglaubt? Er sah so verletzt aus, als hätte man ihn verraten. Er hatte ihm geglaubt, aber nach alledem nicht mehr. Er hielt ihn nur noch für einen guten Lügner, für einen Jungen, dem er so sehr sein Vertrauen und Mitgefühl geschenkt hatte, nur um von ihm betrogen zu werden.

Jackson war so in Gedanken versunken, dass er gar nicht mit bekam, wie sich die Polizisten verabschiedet hatten und das Haus verließen. Er war zu sehr am Zittern und in seinen Gedanken versunken, um sogar die Berührung seiner Mutter zu realisieren. Erst als sie seinen Namen nannte, reagierte er.

Er sah in ihr besorgtes Gesicht.

„Stimmt das, Jackson? Stimmt es, was die Männer gesagt haben, ansonsten gebe ich ihnen recht und du solltest dich bei deinem Lehrer entschuldigen."

Tränen brannten in seinen Augen. Er brachte kaum ein Wort raus, also schüttelte er nur seinen Kopf.

„Stimmt es nicht?", fragte seine Mutter.

Er versuchte das Zittern seines Körpers zu unterdrücken, aber es half nichts. „Nein", brachte er mit gebrochener Stimme raus. „Er hat mich … er hat mich vergewaltigt."

Seine Mutter sah ihn immer noch besorgt an. „Ist das auch wirklich wahr? Wenn es nicht so wäre, dann wäre ich dir auch nicht böse."

Seine Augen wurden größer.

Sie glaubt mir nicht. Sie glaubt mir nicht mehr. Warum sollte ich sie anlügen, warum sollte ich ihr so etwas Schreckliches vormachen? Warum sollte ich etwas so Schreckliches ... Glaubt sie wirklich, dass ich zu solchen Lügen im Stande wäre?

Ich habe meine Mutter verloren. Dann ist jetzt auch alles andere egal.

Er riss sich von ihr los und rannte die Treppenstufen so schnell nach oben, dass er fast ausrutschte.

Sobald er in seinem Zimmer ankam, knallte er die Tür hinter sich zu und schloss sie schnell ab.

Er konnte noch die Rufe seiner Mutter hören, aber er achtete nicht weiter darauf. Er verkroch sich in seinem Bett, so wie er es immer tat, wenn es ihm schlecht ging.

Er hatte so vieles über sich ergehen lassen müssen und niemand hatte ihm geglaubt.

Alles umsonst.

6

Jackson erwachte durch ein lautes Poltern an seine Tür. Verschlafen öffnete er seine Augen. Er rieb sich die kleinen Krümel aus ihnen und stand dann auf.

„Jackson, machst du bitte die Tür auf?"

Er lief schlurfend zu ihr und öffnete sie. Er wunderte sich, warum sie zu war, aber dann fiel es ihm wieder ein. Er hatte sie zugeschlossen, damit seine Mutter nicht zu ihm rein konnte.

„Warum?", fragte er sie. Jackson wollte die Tür nicht öffnen, dann würde ihm auch sein letzter Schutz genommen werden.

„Weil du heute wieder in die Schule sollst. Ich wurde angerufen.

Mach dich fertig und ich bringe dich dann zu ihr."

Widerwillig öffnete er die Tür. „Aber warum?", wollte er aufgebracht von seiner Mutter wissen. Er würde diesen Mann in der Schule sehen. Das wollte er unter allen Umständen vermeiden.

„Weil du gelogen hast und keinen Grund mehr hast zu Hause zu bleiben." Erst als sie es schon aussprach, bemerkte sie ihren Fehler. „Also, das ist zumindest, was die Polizisten der Schule weitergegeben haben.

Mach dich bitte fertig, dann können wir los." Sie ging die Treppe runter und Jackson schloss die Tür wieder hinter sich.

Sie glaubt mir nicht, ihre Worte haben es mir mehr als deutlich gezeigt.

Es tut so weh.

Schnell zog er sich neue Sachen an. Obwohl es warm war, zog er sich einen Pulli an. Er hatte die größte Kapuze und Jackson wollte etwas haben, womit er sich bedecken konnte. Er wollte sich sicher fühlen, wenigstens so.

Er nahm sich seinen Rucksack und lief nach unten in die Küche. Seine Mutter hatte den Tisch bereits gedeckt gehabt.

„Hier, ich habe Frühstück gemacht. Ich dachte mir, dass du vielleicht Hunger hast."

Jackson schüttelte seinen Kopf. Er wollte nichts essen. Er hatte zwar Hunger, aber ihm war so schlecht, dass er glaubte, keinen Bissen runter zu bekommen, und wenn doch, er sofort kotzen würde. „Ich habe keinen Hunger."

Seine Mutter musterte ihn genaustens. „Aber du hast die letzten Tage schon kaum etwas gegessen. Und ist dir nicht zu warm in dem Pullover?" Sie wartete auf eine Antwort, aber er reagierte nicht, weswegen sie einfach selber weitersprach: „Naja, sei's drum, dann packe ich dir einfach was ein. Du wirst über den Tag sicher schon Hunger bekommen. Du bist ja sowieso gerade erst aufgestanden, da haben die meisten ja keinen Hunger." Sie holte eine Brotdose und packte sie so voll, wie es ihr nur möglich war.

Jackson packte sich in der Zeit schonmal zwei große Flaschen Wasser ein. Ihm würde sehr warm werden, da musste er auch viel trinken. Er überlegte, ob er sich vielleicht nicht noch eine dritte Flasche einpacken sollte, aber da kam auch schon seine Mutter mit der Dose.

„Hier. Ich habe dir von allem etwas eingepackt. Da kannst du dir dann einfach selber aussuchen, was du gerne hättest."

Er nickte einfach nur stumm. Er wollte möglichst nicht mit ihr reden. Sie glaubte ihm nicht, warum sollte er da noch mit ihr reden? Dabei war sie doch die Person, der er sonst immer alles sagen konnte, der er alles anvertraut hatte und der er am meisten vertraute.

„Bist du fertig?", fragte sie mit einem aufgesetzten Lächeln.

Er nickte nur wieder und lief an ihr vorbei, nachdem er die Dose eingepackt hatte. Sobald er nach draußen kam, schien ihm die Sonne sofort entgegen. Es war erst morgens, aber bereits da war ihm extrem heiß. Dabei hatte er noch nicht einmal seine Kapuze aufgesetzt.

Seine Mutter kam schnell hinterher und schloss hinter sich die Haustür ab. Zusammen setzten sie sich in das kleine Auto.

Seine Mutter versuchte auf der Fahrt zur Schule noch irgendwie ein Gespräch mit Jackson an zu fangen, aber er blockte immer wieder ab. Nach ein paar Versuchen gab sie auf und die Fahrt verlief ohne ein Wort.

•••

Als sie bei der Schule ankamen, öffnete Jackson gerade die Tür, als seine Mutter noch zu ihm sagte: „Und wenn du wirklich gelogen haben solltest, dann entschuldige dich doch bitte bei deinem Lehrer, ja?"

Schnell stieg er aus und schlug die Tür hinter sich zu, ohne seine Mutter auch nur eines weiteren Blickes zu würdigen.

Wie konnte sie nur so zu ihm sein? Zu ihrem eigenen Sohn? Er verstand es einfach nicht. Erkannte sie denn nicht, wie sehr er litt? Dann würde sie ihm doch nicht so etwas antun, dann würde sie nicht so etwas sagen. Sie glaubte ihm einfach nicht, obwohl sie sein seltsames Verhalten sah. Müsste sie als Mutter denn nicht das Leid ihres Sohnes spüren? Was sie sich wohl dachte, ihn so zu sehen?

Er zog sich schnell seine Kapuze über den Kopf. Es musste sich schon überall herumgesprochen haben. Alle würden ihn für einen Lügner halten müssen.

Niemand sollte ihn in diesem Moment erkennen, aber sobald er durch das neu gestrichene Schultor lief, wurden ihm schon die ersten Kommentare entgegen geworden.

„Hilfe! Hilfe! Ich wurde von meinem Leherer vergewaltigt", sagte einer in einer verstellt weinerlichen Stimme.

„Oh! Nein! Bitte nicht! Ich bin doch noch Jungfrau, Herr Lehrer. Bitte nicht so dolle", stimmte der Kerl daneben mit ein.

Ein paar Schüler, die bereits im Schulgebäude waren, bekamen Wind von dem und machten mit.

Jackson versuchte es so gut wie möglich zu ignorieren, aber es fiel ihm wirklich schwer.

Schnell sprang er die Treppen ins Schulgebäude hoch und zog sich die Kapuze tiefer in sein Gesicht.

„Ja, versteck besser deine hässliche Visage, du Lügner!", schrie ihn auf dem Weg einer an.

Er rannte so schnell er konnte zum Jungsklo. Auf dem Weg dahin, wischen ihm Leute aus und andere schrien ihn an, ein paar andere stießen oder schubsten ihn und einer spuckte ihn sogar an.

„Geh dich begraben, du Opfer!", war das Letzte, was er hörte, bevor er durch die Klotür schritt.

Ein Junge aus der jüngeren Klasse war gerade dabei, sich seine Hände zu waschen. Er sah ihn überlegend an, schien aber dann mitzubekommen, wer er war. „Bist du nicht dieser Kerl, der behauptet hat von einem Lehrer vergewaltigt worden zu sein?"

Jackson reagierte nicht. Er lief einfach an dem Jungen vorbei, konnte aber noch hören, wie er hinzufügte: „Wie kann man nur so mies sein? Du bist echt das aller Letzte."

Halts Maul!

Haltet alle euer dämliches Maul! Ihr habt doch alle

keine Ahnung! Überhaupt keine!

Er lief in eine der Toilettenkabienen und schloss sie hinter sich ab.

Keiner war im Klo, aber selbst, wenn, er konnte seinen Frust nicht mehr zurück halten. Mit einem heftigen Tritt schepperte die Tür und hinterließ einen Knall. Jackson ließ einen Schrei von sich und raufte sich seine Haare.

Was sollte er denn jetzt nur tun? Was sollte er nur tun ...?

Warum? Warum muss mir so etwas passieren? Ich habe doch nie etwas falsch gemacht. Ich habe mir immer Mühe gegeben.

Eigentlich war er mein Lieblingslehrer. Er war immer so aufrichtig.

Wenn jemand anderes in meiner Haut stecken würde, würde ich ihm dann auch nicht glauben?

7

Auf dem Weg in seine Klasse, wurde Jackson von einer männlichen Stimme aufgehalten. Niemand sonst war mehr auf dem Schulgang. Der Unterricht begann in wenigen Minuten.

Jackson drehte sich um.

„Jackson, schön, dass du wieder da bist und ich dich noch erwische."

Jackson stand ein paar wenige Meter vom Direktor entfernt.

„Würdest du bitte mit in mein Büro kommen? Es gibt da etwas, worüber ich gerne mit dir sprechen würde."

Jackson drehte sich kurz in die Richtung zu seinem Klassenzimmer. Nur wenige Meter lagen zwischen ihm und diesem Raum. Abgesehen davon, dass er der Bitte des Direktors sowieso nichts entgegen zu sagen hatte, wollte er nicht in seine Klasse. Sie würden in zerquetschen, wie eine Kakerlake. Außerdem hatte er in der ersten Stunde Biologie – dabei sollten sie doch gar keine Biostunden mehr haben (blöde Vertretungsstunden!) - und das hieß er hatte mit ...

„Äh, ja", kam eine knappe Antwort von Jackson. Der Direktor lächelte und lief voraus.

Jackson folgte ihm schweigend. Doch was ihn hinter der Tür des Direktors erwartete, schockierte ihn zu tiefst.

Da saß er mit einem Lächeln im Gesicht. Der Grund alles Übels.

Jackson fing sofort zu zittern an. Der Schock wollte nicht aus seinem Gesicht weichen. Er wollte wegrennen, aber seine Beine waren schwer wie Blei. Er sah dieses Grinsen, das ihm sagte: „Ich habe es dir ja gesagt! Keiner wird dir glauben!" Es war so eindringlich, dass er nur darauf achten konnte.

Erst als der Direktor sich setzte und Jackson aufforderte, es ihm gegenüber gleich zu tun, kam er wieder zu sich. Zögernd setzte er sich.

„Also, Jackson, es ist ja klar, was geschehen ist. Und ich hätte das bitte auch noch mal hier unter einander geklärt. Ich hätte gerne, dass Gerechtigkeit herrscht, weswegen ich dich darum bitte, dich bei Herr Miller zu entschuldigen."

Ich hätte gerne, dass Gerechtigkeit herrscht, weswegen ich dich darum bitte, dich bei Herr Miller zu entschuldigen.

Die Worte wiederholten sich immer wieder in seinem Kopf.

Gerechtigkeit? Und da soll ICH MICH bei IHM entschuldigen? Nein! Niemals! Nicht mit mir! Mir wurde etwas Falsches angetan! Nicht ihm! Warum glaubt mir niemand?

Jackson zögerte. Er würde sich nicht bei ihm

entschuldigen. Er sollte sich viel besser bei Jackson entschuldigen! Was er ihm angetan hatte, das hätte niemals geschehen dürfen!

Erwartungsvoll wurde er von seinem Direktor angesehen, während er von seinem Biologielehrer nur weiterhin angegrinst wurde.

„Jackson?", fragte der Direktor, doch Jackson sah keinen der beiden an. Er ballte seine Hände zu Fäusten, seine aufkommenden Tränen unterdrückte er sich. „Nein!", stieß er unter zusammen gebissenen Zähnen hervor.

„Nein?", fragte der Direktor ungläubig. Dann wurde er zornig. „Wie kannst du es wagen? Wie unverschämt bist du eigentlich? Erst solche Lügen zu verbreiten und sogar die Polizei zu belügen -und damit auch noch ihre wertvolle Zeit zu verschwenden, wo sie doch echte Verbrecher fangen müssen! Und dann kannst du dich nicht einmal entschuldigen? Wie wurdest du denn erzogen? Dabei hat deine Mutter es schon schwer genug, als alleinerziehende Frau. Willst du ihr wirklich so viel Kummer machen?

Wäre ich dein Vater, dann hättest du schon längst was auf deinen Latz bekommen!"

Jackson zuckte leicht zusammen, aber er gab nicht nach. Seine Kehle war trocken.

Da mischte sich sein Lehrer ein. „Ach, er wird sich wohl erstmal ein kriegen müssen. Die Polizei hat ihm sicher schon genug zugemutet. Ich kann auch darauf warten, dass er sich bei mir entschuldigt. Ich würde mit ihm erstmal zurück in die Klasse gehen und mit meinem Unterricht fortfahren."

„Herr Miller, Sie sind wirklich zu freundlich und dann kommt ein so undankbarer Junge daher.

Dann möchte ich mich wenigstens in seinem Namen bei Ihnen entschuldigen."

Jackson biss seine Zähne so sehr zusammen, dass ihm der Kiefer bereits schmerzte. Niemand sollte sich in seinem Namen für irgendwas, bei irgendwem, entschuldigen und besonders nicht bei diesem Kerl.

Dieser Mann hat keine Entschuldigung verdient. Er ist ein Monster!

Warum glauben alle nur ihm und nicht mir? Ich war doch genauso immer zu allen freundlich. Er nutzt nur seine Macht aus! Er darf damit doch nicht einfach so durchkommen!

Jackson merkte gar nicht, wie sich die beiden Männer vor ihm erhoben und sich ihre Hände schüttelten, ehe ihn sein Lehrer dazu aufforderte ihm in die Klasse zu folgen. Widerwillig kam er seiner Bitte nach. Das kalte Gefühl der Angst lag ihm im Nacken. So wie die große Hand, die ihn von hinten packte, sobald sie ein paar Schritte aus der Direktortür traten.

Erschrocken schrie er los, aber eine Hand hielt ihm seinen Mund zu. Verzweifelt versuchte er an die Hand an seinem Nacken zu kommen und sie von sich los zu reisen.

Hilfe!

Hilfe!

Warum kommt denn niemand? Ich brauche ganz dringend Hilfe!

Der warme Atem seines Peinigers ließ ihn

zusammenzucken. „Ich habe es dir ja gesagt. Niemand wird dir je glauben. Du bist am Ende und ich habe gewonnen. Was glaubst du wohl, warum ich mir sonst einen Jungen nehme? Weil ihnen niemand glauben wird und sie stark zu sein haben. Du kannst so viel schreien, wie du willst, sie werden dich nicht hören. Je mehr du sagst, umso weniger kommst du da wieder raus. Sie werden nur dich richten, nicht mich."

Jackson konnte sich nicht bewegen; er war wie gelähmt.

Sein Lehrer lief lachend voran.

Ein Kloss war in seinem Hals.

Was tat er da überhaupt? Er sollte wegrennen und nie wiederkommen. Aber was dann? Und wie würde seine Mutter reagieren? Sie glaubte ihm ohnehin nicht mehr.

Schwer schluckte er und folgte seinem Lehrer mit langsamen Schritten, immer darauf bedacht einen sicheren Abstand zu waren.

Die Tür zu seiner Klasse öffnete sich und lautes Gelächter drang heraus. Alle wurden sie freundlich von diesem Lügner begrüßt und alle grüßten ihn freudig zurück.

Jackson wollte gerade auch herein, da konnte er schon die ersten über ihn reden hören.

„Also wirklich, Herr Miller, wie Jackson Ihnen nur so was antun kann. Was ein gemeiner Schuft er doch ist!"

„Genau, dabei sind Sie so ein toller Lehrer."

„Der ist echt ein richtiges Arschloch! Dem sollte man mal eine ordentliche Lektion verpassen, damit der nicht mehr auf die Idee kommt, sich so ungezogen aufzuführen."

„Ach, wie lieb von euch allen. Aber jetzt denkt doch mal an Jackson. Die Note war ihm sehr wichtig, es geht immerhin um seine Zukunft." Seine Stimme widerte Jackson an. Wie er allen Honig um das Maul schmierte und dabei wie ein Scheinheiliger tat ... Am liebsten würde er kotzen.

„Aber da braucht er doch nicht gleich so zu übertreiben! Wo Sie doch so ein netter Lehrer sind, mit dem man immer ganz normal über sowas reden kann."

„Und was ist mit Ihrer Zukunft?"

„Das ist doch trotzdem Rufmord!"

„Ach, Sie sind ein viel zu lieber Lehrer."

Nein! Er ist ein Monster, das vor nichts zurückschreckt!

Glaubt ihm kein Wort, nicht, dass es auch noch jemanden von euch erwischt!

Er wollte am liebsten wegrennen, aber seine Beine bewegten sich von ganz automatisch in das Klassenzimmer. Sobald er drin war und die Tür hinter sich zu fallen ließ, waren alle für einen Moment still. Die Blicke der Jugendlichen, ließen bei ihm einen kalten Schweiß ausbrechen. Ihm war so unglaublich schlecht.

Schnell setzte er sich auf seinen Platz.

Nicht nur die Blicke ließen ihm schlecht werden, auch diese schreckliche Hitze. Aber er wollte seine Kapuze nicht absetzen. Keiner sollte sein Gesicht sehen.

Seine Übelkeit wuchs an, als seine Mitschüler

anfingen auf ihn ein zu reden -oder wohl eher ihn anzuschreien. Sie beleidigten ihn und bezeichneten ihn als Lügner. Es hielt nicht lange an, aber die Art, warum es stoppte, gefiel Jackson ganz und gar nicht.

„Leute, jetzt seid doch aber mal bitte still. Jackson wird wegen der Sache schon genug durchmachen. Denkt doch nur mal an die Polizisten, die umsonst arbeiten mussten."

Er hasste diese Stimme. Er würde sie am liebsten aus seinem Gedächtnis streichen. So wie alles andere, was zu diesem Mann gehörte.

„Du hast echt ein verdammtes Glück, dass Herr Miller ein so netter Lehrer ist sonst wärst du echt am Arsch", sagte ein Junge, der vor ihm saß und sich kippelnd zu ihm umgedreht hatte.

Du hast ja keine Ahnung!

Ich und Glück? Sicher nicht! Und er ist auch definitiv kein netter Lehrer. Er ist die schrecklichste Person, die mir je begegnet ist!

•••

Für den Rest des Tages wurden ihm Zettel an seinen Kopf geworfen, wenn niemand hinsah. Er musste sie schon nicht einmal mehr lesen, um zu wissen, was in ihnen stand.

Manche Lehrer hatten versucht, mit ihm zu reden, aber er reagierte nicht darauf. Er hatte schon längst genug von all dem.

Konnten sie alle ihn nicht einfach in Ruhe lassen? Es ging die alle doch überhaupt nichts an. Was mussten sich da nun wieder alle einmischen, wo doch eh dem Täter und nicht dem Opfer geglaubt wurde? Als würde es nichts anderes geben, als ihn und die - in den Augen aller anderen - Lüge über seinen Lehrer.

•••

Er war froh, als der Schultag rum war. Noch glücklicher über die Tatsache, dass bereits Freitag war und er wenigstens erst am letzten Tag der Woche in die Schule musste.

Er wollte gerade den beinahe leeren Schulhof verlassen, als ihn jemand rief. Es waren drei Jungs, einer aus seiner Klasse und zwei andere aus der Parallelklasse.

Was wollen die? Und dann noch welche aus der Para, mit denen habe ich doch noch nie was zu tun gehabt.

„Jackson, hallo! Bist du taub oder was?

Komm doch mal her!" Die Jungs standen verdeckt unter Bäumen. Keiner würde sie sehen.

Jackson ignorierte ihn einfach und wollte durch das Schultor treten, doch der Junge bemerkte es. „Was denkst du dir eigentlich, wer du bist?" Der Junge sprang auf Jackson zu und trat ihn gegen den Gitterzaun, der das Schulgelände umgab. Ein lautes Scheppern drang durch das dünne Metall.

„Willst du mich verarschen?", fragte er und beugte sich über Jackson. Jackson schmeckte eine Flüssigkeit auf seiner Lippe. Blut. „Wenn man mit dir redet, dann hast du gefälligst zu antworten!"

Ein paar Schüler sahen das Schauspiel, ignorierten es jedoch. Genauso tat es der Direktor. Er dachte sich nur, dass er mal ordentlich was auf den Kopf bekommen sollte. Vielleicht würde er ja dann wenigstens Anstand bekommen (und verdient hätte er es obendrein!).

Der Junge packte Jackson am Nacken, dass er nur so losschrie. Der Junge ließ ihn nicht los, erst, als sie unter dem dichten Blätterdach untergetaucht waren. „Hörst du mir jetzt zu, du Lügner?"

Jackson reagierte nicht.

„Bist du taub", schrie der Junge ihn schon fast an.

Jackson war es mittlerweile völlig egal. Was interessierte ihn das Ganze. Es war doch sowieso nutzlos, egal was er tat.

„Erst erzählst du so Lügen rum und dann kannst du mir jetzt nicht antworte? Hat es dir so die Sprache verschlagen, dass dir niemand deine ekelhaften Lügen abkauft?"

Jackson sah ihn nicht an, er sah keinen der Jungen an.

Niemand wird es dir glauben. Niemand.

„Antworte!" Er trat Jackson zu Boden. „Bist du behindert oder was? Antworte gefälligst! Du scheiß

Lügner!" Nun fingen auch die anderen an, auf ihn einzutreten.

Jackson versuchte so gut er konnte, seinen Körper zu schützen.

Dann beugte sich der Junge nach unten und zog Jackson an seinen Haaren so hoch, dass er dem Jungen in sein Gesicht sehen musste. „Willst du mal wirklich vergewaltigt werden?"

Jacksons Augen wurden größer. Alte Erinnerungen stiegen in ihm hoch. Sofort schlug er den Jungen von sich und stand schnell auf. Direkt rannte er los. Das würde er nicht noch einmal zulassen! Niemals!

Sie haben überhaupt keine Ahnung. Keiner von ihnen!

Die Jungen rannten ihm nach, bis in den Wald hinein, durch den er zu seinem Haus laufen musste.

„Bleib stehen! He! Was glaubst du eigentlich, wer du bist? Glaubst du, du wärst so toll, einfach so eine Scheiße machen zu können?"

Jackson drehte sich um. „Und was macht euch da gerade besser?"

Außerdem bin ich kein Lügner.

Dem Jungen schien ein Gedanke durch den Kopf zu gehen. Dieser gefiel ihm allerdings nicht. „Wie kannst du mich einfach so mit dir vergleichen? Ich bin nicht wie du!"

Ja, du bist viel schlimmer.

Jackson fiel durch einen Tritt in den Rücken, auf die staubige Erde des Waldes. Jackson sah sich verzweifelt um. Gab es irgendwen, der ihm helfen konnte?

Er war alleine, wieder, mit diesen Kerlen.

„Na, willst du jetzt auch behaupten, dass wir dich vergewaltigt hätten?" Die Jungs lachten.

Jacksons Kopf pochte. Blut rann sein Gesicht hinab. Die nächste Wunde. Ob die Polizei noch irgendwie bei seinen Problemen reagieren würde? Wohl kaum. Im Moment sollte er sich von Polizisten wohl lieber fernhalten. Und von Menschen allgemein.

Jackson nutzte schnell seine Chance, als der Junge sich lachend zu seinen Mitstreitern umdrehte, um wieder auf seine Beine zu kommen und davon zu rennen. Er konnte noch einen erschrockenen Laut hören, als er den Jungen dabei umwarf.

Hoffentlich muss ich nicht wieder in die Schule. Bitte. Ich kann das nicht. Ich halte es einfach nicht aus.

8

Jackson lag lustlos in seinem Bett. Er fühlte sich
einfach nur leer. Es war Samstag. Seit er am Tag
zuvor zu Hause angekommen war, hatte er sich in
seinem Zimmer eingeschlossen und kam bis dahin
nicht mehr raus. Er hatte sein Rollo unten, damit sein
Zimmer dunkel war und er vollends in einem
schwarzen Meer versank. Als er völlig zu versinken
drohte, fiel ihm etwas ein.

Ob es wohl Leute wie ihn gab? Sicher gab es sie,
er hatte es ja selber immer belächelt, wenn es hieß,
dass ein Mann vergewaltigt wurde. Er konnte also
nicht alleine sein.

Er suchte sein Handy unter seinem Kissen. Sobald
er es fand, schaltete er es mit großen Augen an, die
er wegen des grellen Lichtes sofort wieder schloss.

Er stand auf und machte sein Rollo hoch. Das helle
Licht von draußen, ließ das ganze Zimmer
erstrahlen. Auch da musste er sich seine Augen zu
halten. Langsam gewöhnten sich seine Augen an die
neue Helligkeit.

Er legte sich zurück in sein Bett und holte wieder
sein weggelegtes Handy hervor.

Eine ganze Weile starrte er nur seinen Bildschirm an, bis er letzten Endes wieder ausging.

Wo soll ich da denn gucken? Auf YouTube in depressiven Videos vielleicht? Da werden doch bestimmt irgendwelche Leute was kommentiert haben. Das würde mir aber dann doch zu unangenehm werden.

Vielleicht gibt es ja irgendwelche Hilfeseiten.

Er ging auf Google und suchte nach Hilfsseiten. Auf www.kindersachen.de fand er einige Seiten. Die meisten waren gegen Cybermobbing.

Eine Seite fand er, bei der er sich an die Polizei wenden konnte. Schnell übersprang er sie und nahm die Seite darüber. Sie schien ihm noch am besten zu entsprechen. Dort stand:

www.jugend.bke-beratung.de – Dies ist ein Online-Beratungsangebot speziell für ältere Kinder und Jugendliche.

Gut, ich will nicht mit kleinen Kindern über so etwas reden, die eh keine Ahnung davon haben, von was ich spreche -wobei es sicher auch kleine Kinder gibt, die so etwas Schreckliches erlebt haben.

Hier werden Einzelberatungen über E-Mail und Chat angeboten.

Beratung? Soll ich also doch mit Erwachsenen und nicht mit gleichaltrigen reden?

Ansonsten können die Nutzerinnen und Nutzer auch in Themenchats und Foren über ihre Sorgen sprechen und sich Tipps holen.

Nein, muss ich nicht. Gut so. Mit Erwachsenen kann man sowieso nicht über so etwas reden. Sie würde es ja ohnehin nicht interessieren, wenn sie überhaupt zuhören sollten.

Hierfür muss man sich allerdings vorher registrieren.

Registrieren? Sollte ich wirklich? Was, wenn mich jemand jetzt irgendwie ausfindig macht? Aber ich muss ja nicht meinen echten Namen angeben, oder? Egal, ich will jemanden zum Reden, will jemanden, mit demselben Problem, will jemanden, der mich versteht, sonst werde ich noch wahnsinnig!

Schnell registrierte er sich. Sein Herz raste dabei wie bei einem daher gescheuchten Kaninchen. Dann war er drin. Er suchte sich den ersten Chatraum, den er fand. Sofort fragte er nach Leuten, die mit ihm schreiben möchten. Er hoffte diesmal freundliche Leute zu finden, es sollte immer hin eine Hilfsseite sein und war nicht YouTube oder so, wo jeder jeden beleidigte, weil er sich durch die Anonymität - die gar nicht mal so anonym war - geschützt fühlten.

Er wartete eine ganze Weile, aber niemand meldete sich. Da spürte er plötzlich seinen Magen. Hunger. Er hatte schon seit Tagen kaum etwas gegessen.

Er stand auf, neben ihm stand sein Schrank, den er sofort öffnete. Irgendwo musste er noch eine Packung Chips rum liegen haben.

Er kramte eine Weile darin herum, ehe er eine rote Verpackung erblickte. Er nahm sie sich und setzte sich auf sein Bett, von dem aus er nach draußen durch sein Fenster sah. Er beobachtete einen Baum, während er seine Chips langsam aß. Vielleicht konnte er ja einen Vogel oder so entdecken. Der Wind wehte und er sah die Blätter tanzen. Es war ein

Wolkenloser Tag zur Mittagszeit. Seine Mutter musste wohl auf Arbeit sein. Er hatte keinen Vater mehr. Er hatte ihn verlassen und war ins Ausland gereist, um sich dort ein neues Leben aufzubauen. Er wollte nie Kinder.

Jackson wollte niemals so wie seine Eltern werden. Er würde seinen Kindern immer zuhören. Bei allem.

Sein Handy vibrierte. Schnell griff er danach, ohne sich vorher seine Finger abgewischt zu haben -was er sofort bereut hatte, da der ganze Bildschirm dreckig wurde.

Er hatte eine Nachricht bekommen.

Hast du Instagram?

Wie kommt der denn auf Instagram?

Ja, warum?, antwortete ihm Jackson.

Dann können wir privat reden. Aber wir können auch hier schreiben, wenn dir das lieber ist. Allerdings sind manchmal auch Erwachsene hier unterwegs.

Hier schreiben? Nein, lieber nicht, nicht dass jemand erfährt, worum es wirklich geht. Und das ist nur eine Person. Mal davon abgesehen, mag ich im Moment nichts weniger haben, als irgendwelche Erwachsene, die versuchen, mich zu belehren oder zu bemitleiden oder dergleichen.

Sofort tauschten sie ihre Namen aus.

Jackson fand das Profil. Es war privat. Sofort sendete er eine Anfrage, die direkt angenommen wurde. Er sah sich das Profil an. Alles voller Zeichnungen, Bildern von der Natur oder Tieren und Teilweise Textausschnitten. Dann war da noch eins, was ihm direkt unter all den Bildern auffiel.

Ein Mädchen? Sie sah nicht mal schlecht aus, zumindest von dem, was man auf dem Bild erkannte. Ihr Gesicht war größten Teils von ihren hellen Haaren bedeckt. Er sah ein Nachrichtensignal aufleuchten. Sofort drückte er drauf.

Hey! Bist du der, mit dem ich geschrieben hatte?

Jackson sah sich die Nachricht etwas misstrauisch an.

Warum sollte ich es denn nicht sein?

Ja und du der andere?

Oder ist es doch ein Mädchen? Der Name ist so unschlüssig. Aber wie kommt man eigentlich auf diesen Namen? Naa-chA soll das irgend so ein Anime Ding sein? Sie zeichnet viel so Zeug. Aber keine Ahnung, ich habe damit nicht gerade was zu tun.

Die andere, ja. Ich heiße Madlen. Und deinem Namen nach heißt du Jack? Oder soll ich dich Jack Frostbirne nennen?

Er musste leicht lächeln. Er war ein Fan von den Hütern des Lichts. Und dann hieß der Hauptcharakter auch noch Jackson. So wie er selber. Da hatte er sich auf Instagram einfach Jack Frost genannt.

Aber warum Birne?

Mein Name ist eigentlich Jackson, aber wenn du mich einfach Jack nennen willst, dann gerne. Aber was meinst du mit Birne?

Es dauerte nicht lange, bis er eine Antwort -oder wohl eher Gegenfrage bekam.

Liest du keine Fanfiction? Ich nämlich schon.

Und ich liebe Crossover. Kennst du Merida? Ich shippe die beiden so hart!

Jackson blickte irritiert auf den Bildschirm. So eine Verrückte war das also.

Er dachte sich, dass er besser sofort aufhören sollte, mit ihr zu schreiben. Aber ein starkes Gefühl hinderte ihn daran. Er fühlte sich zum ersten Mal seit langem befreit. Er musste nicht an die letzte Zeit denken, an dieses schreckliche Dasein. Sogar seine aufgetauchten Selbstmordgedanken waren für einen Moment verschwunden. Und dabei hatte er mit diesem Mädchen gerade mal ein paar Zeilen ausgetauscht.

Ich lese nicht so gerne. Und von shipping oder so habe ich auch noch nicht wirklich was gehört.

Ob sie mir ein Bild von sich schicken würde, wenn ich danach fragen würde?

Wie kann man bitte nicht gerne lesen!? Was für eine seltsame Kreatur bist du denn?

Eigentlich hätte ihn das verletzen müssen, aber stattdessen musste er lachen.

Ich bin ein Mensch.

Ihre darauffolgende Antwort ließ ihn wieder in der Realität ankommen.

Das erklärt alles. Ich mag Menschen nicht besonders.

Wenn er genauer drüber nachdachte, mochte er Menschen auch nicht besonders. Zumindest nicht mehr.

Warum?

Sie schien doch ganz nett zu sein, also warum nicht?

Weil Menschen scheiße sind. Und du musst derselben Meinung sein, sonst wärst du nicht auf diese Seite gegangen.

Jackson dachte genauer darüber nach. Hasste er Menschen? Momentan hatte er ja eher weniger gute Erfahrungen mit ihnen gehabt. Aber direkt hassen? War das nicht ein wenig übertrieben?

Wie kommst du denn darauf? Ich bin doch nur auf die Seite, um mich mit anderen über meine und ihre Probleme auszutauschen.

Er kaute auf seiner Lippe rum und starrte den Bildschirm an, ehe er schnell noch eine weitere Frage hinzu tippte.

Gibt es einen genaueren Grund, warum du Menschen nicht magst?

Es dauerte dieses Mal länger, bis er eine Antwort bekam. Ob sie wohl überlegte, was sie ihm schreiben sollte? Oder ob sie ihm überhaupt etwas schreiben wollte.

Wenn du deine Probleme offenbarst, die mit Menschen zu tun haben, merkst du recht schnell, dass du nicht besonders viel für sie übrighast. Sie haben mir nur ihre schlechten Seiten gezeigt, falls es überhaupt gute geben sollte. Geht es dir da nicht genauso? Oder glaubst du nur, dass dir etwas Schlechtes angetan wurde, weil deine Mami dir eine Nacht mal keinen Gutenachtkuss gegeben hat?

Was ist denn jetzt plötzlich in sie gefahren? Sie ist plötzlich so ernst, völlig anders, wie sie bis eben noch die ganze Zeit über war.

Ob es mir genauso geht? Ich weiß es nicht.

Da sah er eine weitere Nachricht.

Menschen denken nur an sich selber. Sobald ihnen etwas nicht passt, werden sie sauer. Alles muss sich immer nur um sie drehen. Wenn du Hilfe brauchst, wimmeln sie dich auf eine ekelhafte Weise ab.

In diesem Moment wurde Jackson klar: Sie versteht ihn und sie hat recht mit allem was sie sagt.

9

Jackson schrieb noch eine ganze Weile mit Madlen. Sie schrieben über ihre Hobbys, was sie gerne aßen, Tiere, Spiele, Filme und Serien, einfach über alles Mögliche, um auf andere Themen zu kommen. Sie schrieben den ganzen Tag lang, bis Madlen ihn etwas fragte:

Hast du keine Freunde, dass du so lange mit mir schreibst?

Wie kann sie nur so etwas fragen, während sie selber den ganzen Tag schreiben kann?

Und was ist mit dir? Du schreibst doch auch die ganze Zeit. Und nein, ich habe keine Freunde und meine Mutter arbeitet noch. Einen Vater habe ich nicht mehr.

Ob sie jetzt Mitleid mit mir hat? Wie wohl ihre Familie so ist? Und was ist mit ihren Freunden? Ob sie wohl einen festen Freund hat? Ach, was interessiert mich das Letzte überhaupt! Ich kenne sie ja nicht einmal. Was interessiere ich mich überhaupt für sie?

Ich habe auch niemanden.

Jacksons Augen wurden größer. Sie auch nicht. Und weshalb?

Und warum?

Er bemerkte gar nicht, dass er sie das fragte, erst, als er eine Nachricht bekam und aus seiner Trance wieder erwachte.

Mein Vater ist tot. So wie der Rest meiner Familie.

Alle?

Was ist passiert? Bist du deswegen auf der Seite gewesen?

Warum frag ich das? Das geht mich doch überhaupt nichts an! Und überhaupt, vielleicht antwortet sie mir darauf ja gar nicht, weil sie es einem Fremden nicht sagen will oder weil es sie zu sehr mitnimmt.

Nein, deswegen nicht. Ich rede nicht mit anderen über meine Probleme. Warum bist du hier?

Warum das denn nicht? So schlimm kann es ja wohl nicht sein und wenn schon, dann sollte sie doch erst recht mit jemanden reden.

Weil mir etwas angetan wurde, was mich einfach nur fertig macht. Weil mich alle deswegen einfach nur fertig machen. Weil alle mich für einen Lügner halten.

Klingt das irgendwie so, als würde ich Mitleid erwarten? Und sie mich jetzt bemitleidet? Und was, wenn ich ihr jetzt die richtig ganze Wahrheit sage? Würde sie mir glauben?

Hört sich echt mies an. Das kenne ich selber nur zu gut.

Sie wollten wieder etwas Abstand zu diesem Thema bekommen, also schrieben sie über sich selber.

Wie alt bist du?

Soll ich ihr das schreiben? Vielleicht ist sie ja eigentlich eine Serienmörderin. Sollte ich ihr da alles von mir Preis geben? Aber alles gebe ich ja gar nicht Preis, nur mein Alter.

17 und du?

Sie ließ nicht auf eine Antwort warten, was er als gutes Zeichen ansah.

Gerade 18 geworden. Jetzt kann ich endlich Autofahren und bin nicht auf öffentliche Verkehrsmittel angewiesen.

Bist du nicht in einem Heim oder sowas?

Wieso sollte ich?

Na, weil deine Familie doch tot ist.

Nein. Also eigentlich ist meine Mutter nicht tot. Aber für mich ist sie schon vor langer Zeit mit meinem Vater gestorben.

Was meinst du?

Was glaubst du denn?

Jackson überlegte.

Ob ihre Mutter wohl der Grund ist, warum sie keine Menschen mag?

Hat sie dir etwas Schlimmes angetan?

Könnte man so sagen. Aber ich habe nicht vor genauer darüber mit dir zu reden. Ich habe dir ja schon mitgeteilt, dass ich nicht über meine

Probleme rede.

Warum? Wenn es ihr deswegen scheinbar so schlecht geht? Sie muss doch nur zu jemandem gehen. Dann werden sie ihr sicherlich ...

Jackson stoppte seinen Gedanken.

Ihr glaubt niemand, so wie niemand ihm glaubte, deswegen versucht sie erst gar nicht, nach Hilfe zu suchen.

Eigentlich redest du ja gerade nicht, sondern schreibst. Magst du reden im Allgemeinen nicht?

Haha, sehr witzig. :P

Er musste grinsen. Die Stimmung wurde wieder lockerer.

Sie schrieben wieder über andere Sachen.

•••

Das ganze Wochenende ging es so, dass er gar nicht erst merkte, wie schon Montag wurde. Er verstand sich wirklich gut mit ihr. Doch er wurde am ersten Tag der Woche wieder zurück in die dunkle Realität gezogen.

Er war froh darüber, kein Biologie an diesem Tag zu haben. Sonst konnte er es nie abwarten, aber seit dem, hasste er es mehr als alles andere.

Als er die Schule betrat, wurde er sofort von dem Direktor in Empfang genommen. Ohne weitere Höflichkeiten - oder überhaupt eine Höflichkeit -

wurde er gepackt und mit dem strengen Wort: „Mitkommen." in das Büro von ihm geschliffen. Jackson war so überrascht, dass er gar nicht wusste, was mit ihm geschah. Erst im Büro, ging ihm ein Licht auf, denn er sah, wer da bereits mit blauen Flecken saß.

Der Direktor setzte sich. Er befahl Jackson sich ebenfalls zu setzen. Jackson zögerte, da schrie er plötzlich los, dass er sich setzen solle.

Jackson zuckte zusammen und setzte sich sofort.

„Du machst mir wirklich nur Probleme! Willst du das wirklich? Ist das dein Ziel? Erst erzählst du solch eine schändliche Lüge und dann schlägst du einfach irgendwen zusammen? Erklär mir das mal bitte! Auf der Stelle!"

Jackson sah seinen Direktor schockiert an. „Ich habe mich doch nur verteidigt!"

„Verteidigt?! Sie dir den Jungen doch mal an!"

„Sehen sie mich erst mal an! Ich bin voller Flecken! Überall, aber Sie sind ja zu blind, um das zu erkennen!"

„Wenn er sich verteidigt, kommt das nun mal so."

„Er ist auf mich los! Er hat mich geschlagen und beleidigt! Wenn bei mir die blauen Flecken kommen, weil er sich verteidigt hat, warum soll es andersrum nicht dann genauso sein?"

„Ich habe Zeugen, die etwas anderes aussagen."

„Wer? Die zwei Freunde von ihm? Die haben doch selber mit gemacht! Und ausgerechnet die als Zeugen zu betiteln ist jawohl mal das aller Letzte! Da müssen sie sich doch selber mal ein Eingeständnis machen."

„Nicht nur sie, es haben noch ein paar andere gesehen. Und ich verbitte mir, dass du in solch einem Ton mit mir redest!"

„Die lügen! Ich wurde verletzt."

„Sag die Wahrheit! Denn ich sehe hier nur einen, der Lügen verbreitet."

„Ich sage die Wahrheit!"

„Hör endlich auf zu lügen! Es glaubt dir sowieso niemand mehr."

In diesem Moment stoppte Jackson.

Richtig, es glaubt mir niemand mehr. Egal, was ich sage. Egal, ob es die Wahrheit ist. Niemand glaubt mir. Niemand.

„Entschuldige dich jetzt endlich! Auch bei Herr Müller! Das ist langsam mal höchste Zeit, wo es doch das Mindeste ist, was du tun kannst."

„Ich entschuldige mich nicht für etwas, was ich nicht getan habe! Oder wo ich nichts Falsches gemacht habe!"

Und dazu zwingen kann mich auch niemand! Nicht mal meine Mutter, die Polizei oder sonst wer. Nicht einmal das höchste Wesen auf Erden, würde mich dazu bringen, mich bei solchen Ungeheuern zu entschuldigen.

Der Direktor wurde rot. „Das reicht jetzt langsam wirklich mit dir! Ich werde dich für eine Woche von der Schule suspendieren. Vielleicht bekommst du währenddessen ja einen klaren Kopf." Er wandte sich an den Jungen. „Du kannst jetzt gehen. Nicht dass du noch mehr vom Unterricht verpasst."

„Danke, Herr Direktor." Der Junge grinste Jackson siegreich an, ehe er das Zimmer verließ, Jackson dagegen konnte ihm nur mit einem Gewittergesicht hinterher sehen. Am liebsten hätte er in dieses grinsende Gesicht gespuckt.

„Jackson", sagte der Direktor diesmal ruhiger. „Warum hast du das nur gemacht? Hast du zu Hause vielleicht Probleme? Ist irgendwas passiert? Du kannst mit mir reden, wenn etwas ist."

„Nein, das kann ich nicht – wie man gerade die ganze Zeit schon sehen konnte - und das geht Sie sowieso nichts an! Und mal ganz davon abgesehen: Wie Sie selber gesagt haben, ganz egal, was ich sage, es wird mir sowieso niemand glauben."

Der Direktor wusste nicht, was er darauf antworten sollte. „Na gut -das hast du dir aber auch irgendwo selber zu zuschreiben." Er klang ganz leise und füllte etwas aus. Jackson empfand diese Worte als eine Art Bestätigung, für das, was er gesagt hatte. Und der Direktor bemerkte es wahrscheinlich nicht einmal richtig. Er sah nur seine und Herr Arschloch seine Wahrheit, mehr nicht. Und für diesen gab es auch nur diese eine Wahrheit. Er würde Jackson also wirklich nichts glauben, ganz gleich, was es sein würde.

„Hier, dein Suspendierungsschreiben." Er überreichte Jackson ein Formular, das sofort entgegengenommen wurde. Länger als nötig wollte Jackson nicht dortbleiben. Wahrscheinlich war es so sogar am besten. Vielleicht hätte schon viel eher so etwas geschehen müssen, dann hätte er zu Hause bleiben können.

„Du kannst jetzt gehen."

Jackson nickte und verschwand sofort aus der Schule. Es störte ihn nicht, dass er suspendiert wurde. Er war sogar froh darüber. Die ganze Woche über musste er niemanden sehen. Und er konnte mit Madlen schreiben, so viel er wollte. Sie war im Moment die einzige, mit der er sich verstand. Diese Woche würde mehr als nur eine Erholung für ihn sein, in der er abschalten konnte.

Jemand öffnete ein Fenster. Ein Junge aus seiner Klasse. „He! Wurdest du echt suspendiert?

He! Lappen! Hast du echt verdient! Kannst ja jemanden einladen! Vielleicht wirst du ja wirklich mal vergewaltigt, dann hast du wenigstens einen richtigen Grund jemanden für so was zu beschuldigen!"

Kommt sich wohl ganz groß und toll vor, so etwas zu rufen. Wem er da wohl imponieren will? Einen wie den … Der ist doch echt ein absoluter Vollidiot. In der Klasse hat er bestimmt immer die größte Klappe, aber wenn es mal drauf ankommt, da zieht er den Schwanz ein und verkriecht sich in die hinterste Ecke, die er finden kann.

Es ist nicht nur wahrscheinlich so, sondern: Es ist so.

Er ignorierte es – schüttelte nur gerade mal den Kopf, über so ein idiotisches Verhalten, wie es einer wie er an den Tag legen konnte -, genauso die restlichen Rufe, die kamen.

Die haben doch alle einfach nur keine Ahnung und glauben deswegen, dass sie sich jetzt so aufführen könnten.

Er sollte es am besten wie Madlen machen: einfach mit niemandem über seine Probleme sprechen. Und das würde er auch nicht mehr!

10

Jackson verstand sich immer gut mit Madlen und ihre Beziehung wuchs über die Woche sehr stark an. Sie hatten sogar schon ihre Handynummern ausgetauscht. Manchmal musste Madlen arbeiten gehen, aber sonst telefonierten die beiden ständig.

Ab und zu kam ein Mädchen aus Jacksons Klasse, was ihm die Schulsachen brachte. Er bedankte sich immer nur kurz bei ihr, sprach aber sonst nie weiter mit ihr.

Er war wieder dabei, mit ihr zu telefonieren. Er hatte nicht gesagt, warum er auf diese Seite gegangen war und sie hatte ihm auch nichts über ihre Problemzone gesagt. Aber sie redeten ansonsten über alles miteinander.

Madlen beschwerte sich ständig über die Kunden, die sich unmöglich aufführten. Sie arbeitete als Aushilfe im Lebensmittelhandel. Sie mochte den Job nicht besonders, aber sie hatte keine anderen Möglichkeiten.

Auch an diesem Tag redeten sie miteinander. Jackson lachte wieder los, als sie über ein

Missgeschick erzählte, das ihr kurz vor Schluss passiert war.

„Ich habe den Karton wirklich nicht gesehen", sagte sie deprimiert, wobei Jackson am Klang ihrer Stimme erkannte, dass sie auch am Grinsen war.

Er mochte ihre Stimme. Als sie das erste Mal telefonierten, war er ganz aufgeregt gewesen. Ihm gefiel auch, dass sie eine dieser Personen war, die es Balkong oder Kartong aussprachen. Er selber gehörte nämlich auch zu diesen Leuten. Nur über eins stritten sie sich ständig: Apfelmus. Andere stritten, ob es der, die oder das Nutella war, aber sie stritten, ob es der oder das Apfelmus war.

Die Tür klingelte, da sagte er zu Madlen, dass er auflegen musste, weil ihm wieder die Sachen gebracht wurden.

„Du hast ja auch bald Prüfungen?", fragte sie, wobei ihm klar war, dass sie die Antwort sowieso schon kannte.

„Ja, nicht mehr lange, nächste Woche geht es schon los. Zu blöd, dass ich ausgerechnet davor nicht in der Schule bin." Jackson hatte ihr von der Suspendierung erzählt und auch, wie es dazu kam. Nur den genauen Weh-Weh-Punkt, hatte er nicht erwähnt.

Sie verabschiedeten sich freudig voneinander. Dann ging er die Treppen runter, direkt zur Tür. Seine Mutter war wieder arbeiten. Er hatte sie schon länger nicht mehr gesehen, weil er sein Zimmer nicht mehr verließ.

Sobald er die Tür öffnete, wurden ihm die Aufgaben schon entgegengehalten. Er wollte sie sich nehmen und bedankte sich schon, doch sie ließ nicht los.

Verwundert sah er sie an. „Ist sonst noch etwas?"

Sie sah ihn verlegen an. „Stimmt es eigentlich, was über dich erzählt wird?"

Sein Griff um die Blätter wurde fester. „Nein."

„Also wurdest du wirklich vergewaltigt?"

Er nickte nur stumm, sah sie dabei aber nicht an. Warum gab er sich überhaupt noch die Mühe? Was brachte ihm das schon, außer, dass es ihn noch mehr Kraft kostete -Kraft, die er nicht mehr besaß? Sie würde ihm doch auch nicht glauben, wahrscheinlich war das sogar noch ein gemeiner Trick.

„Wirklich von Herr Miller? Ich kann mir das kaum vorstellen ..."

Er wollte ihr gerade die Tür vor der Nase zu schlagen. Wenn sie ihm auch nicht glaubte und sich lustig über ihn machen wollte, dann konnte sie auch direkt wieder gehen. Doch dann sagte sie einfach: „... Aber ich glaube dir."

Seine Verwunderung wuchs an.

Sagt sie das nur so oder meint sie das gerade wirklich ernst? Sie kann das doch gar nicht ernst meinen. Das muss ein schlechter Witz sein. Sie hat ganz bestimmt irgendwas vor.

Jackson öffnete die Tür etwas weiter. „Meinst du das ernst?" Er wusste nicht genau, wie er darauf reagieren sollte. Niemand sonst hatte ihm geglaubt, also warum plötzlich sie?

„Ja, natürlich. Wir kennen uns doch schon die ganze Schulzeit über. Du da hast nicht einmal gelogen."

Er sah sich um.

Ob ich sie rein lassen sollte? Sie kennt mich eigentlich nicht besonders gut. Wir hatten nie viel mit einander zu tun, aber ich habe ja auch nie Probleme gemacht. Sie war ja immer als Streberin bekannt, aber auch nie so richtig beliebt. Warum, da habe ich nie drauf geachtet, aber zwischen ihr und den Mädchen gab es öfters mal Streit. Ob sie sich wohl auch alleine fühlt?

Jackson trat beiseite und fragte sie dann, ob sie vielleicht reinkommen möchte. Sie stimmte sofort zu und trat ein. Er schloss leise die Tür hinter sich und führte sie in die Küche.

„Kannst du mir dann vielleicht noch ein paar Sachen erklären, die ich noch nicht richtig verstanden habe? Ohne Lehrer sind manche Sachen etwas problematisch."

„Aber gerne doch. Sag mir einfach was es ist."

„Danke. Äh, willst du noch irgendwas zu trinken oder so habe?"

„Ach, nein danke. Gerade erstmal nicht." Sie strahlte ihn förmlich an, so stark lächelte sie.

Jackson nickte. Er setzte sich neben sie und fing an sie zu befragen. Sie konnte ihm alles ganz leicht erklären und ihm wurde ganz warm bei ihrer Anwesenheit.

•••

„Was ist mit deiner Mutter?", fragte sie ihn nach ein paar Stunden. Sie hatten noch zusammen gegessen.

„Die arbeitet noch eine ganze Weile."

Sie kann echt gut Dinge erklären. Wollte sie nicht mal Lehrerin werden? Oder? Ich weiß es nicht mehr. Ich hatte da glaube ich nicht mal zugehört.

•••

Sie machten noch ein paar Sachen für die Schule, als es draußen schon anfing dunkel zu werden.

Gerade, als Jackson dachte, dass er endlich eine Person in seinem Umfeld gefunden hatte, die ihn nicht wie den letzten Dreck behandelte oder hielt, strich sie ihm seltsam über seinen Arm. Ein unwohles Gefühl wuchs in seinem Magen.

„Ist irgendwas?", fragte er verunsichert.

Sie lächelte ihn nur weiterhin an. Ihre Finger wanderten immer weiter nach oben.

„Was tust du?" Langsam fing er an zu zappeln. Was sie da tat, gefiel ihm ganz und gar nicht. Er drückte sie leicht von sich, um ihr deutlich zu machen, dass er das nicht wollte. Aber sie hörte nicht auf.

Alte Erinnerungen kamen in ihm hoch. Sein Lehrer, die Angst, die er dabei hatte.

Er wollte von seinem Stuhl aufstehen, aber sie presste sich stärker an ihn. „Was ist denn? Ihr Kerle wollt doch immer. Egal, was man macht. Ihr denkt wirklich immer nur an das ein."

„Nein, das stimmt überhaupt nicht."

„Da spüre ich aber gerade etwas anderes zwischen meinen Beinen."

„Ist ja auch kein Wunder, wenn du dich so auf mir rum reibst. Da spielt es keine Rolle, ob ich will oder nicht. Und jetzt runter von mir!" Er konnte nur gepresst reden, aber dadurch klang er nur viel ernster.

„Ach komm schon, du willst es doch auch." Sie klang spielerisch, aber Jackson ekelte es einfach nur an, wie sie sich aufführte.

„Na los, runter von mir!" Seine Worte interessierten sie nicht. Noch einmal würde er es nicht zulassen, vergewaltigt zu werden. Besonders nicht, wenn ihm bei einem Mann schon nicht geglaubt wurde, da würde man es bei einer Frau erst recht nicht!

Weil sie nicht hörte, schmiss er sie von sich. Das war das Einzige, was ihm einfiel.

Erbost stand sie auf. Wütend packte sie ihre Sachen zusammen, zog sich ihre Schuhe und Jacke an und rief wütend zu ihm, bevor sie das Haus verließ: „Das wirst du noch bereuen!"

Er hörte den lauten Knall der Tür. Sein Herz raste wie wild und sein ganzer Körper bebte. Vorsichtig stand er auf und suchte sich Halt an der Wand. Langsam lief er die Treppe nach oben. Jackson biss sich auf die Lippen, um seine aufkommenden Tränen zu unterdrücken.

Es kam ihm wie eine Ewigkeit vor, als er endlich in seinem Zimmer ankam.

Er sah auf sein Handy.

Madlen hatte ihm ganz viele Nachrichten geschrieben.

Und, was waren es für Aufgaben?

Hey, du hast schon länger nichts geschrieben, hast du so große Probleme mit den Aufgaben? Soll ich dir helfen?

Alles gut bei dir?

Ist etwas passiert?

Jackson?

Irgendwann hörte er auf zu lesen. Sie nannte ihn nie Jackson. Sie musste sich wirklich sorgen um ihn gemacht haben und seit diesem Moment hatte sie auch allen Grund dazu.

Sofort versuchte er sie anzurufen.

Sie ging dran, sobald er den Anrufe-Knopf betätigt hatte.

„Jackson, was ist denn los?", konnte er sofort ihre sanfte, besorgte Stimme hören.

„Es ist nur ..."

Ich kann das alles einfach nicht länger für mich behalten. Egal, ob ich sie dann auch noch verlieren werde. Aber wenn sie mir dann auch nicht glauben will, dann ist es vielleicht auch einfach besser so. Ich brauche aber wenigsten die Gewissheit, wie sie denkt und fühlt.

Das war auch der Moment, wo er seine Tränen nicht länger zurückhalten konnte. „Nein. Es ist nichts gut ..." Er konnte ja nicht wissen, dass sie seine Verzweiflung teilte und ganz besorgt ihre Augenbrauen zusammenzog, bei seinen leidenden Worten.

„Was ist denn?", fragte sie mit ganz heiserer Stimme.

„Das Mädchen, was mir ihre Hausaufgaben gebracht hatte. Sie hat versucht mich zu vergewaltigen."

Einen Moment war es still. Er wartete auf eine Reaktion.

Was sie wohl dazu sagen wird? Ob sie mich wohl sogar auslachen oder belächeln wird? Ob sie mich als Lügner bezeichnen wird und nichts mehr weiter mit mir zu tun haben will? Dass sie es lächerlich findet?

„Wirst du zur Polizei gehen?", war das einzige, das mit einer ruhigen und festen Stimme von ihr kam.

Würde ich? Nein, wohl eher nicht. Es wird mir sowieso keiner glauben. Selbst der Gedanke, daran zu glauben hin zu gehen, war dumm von mir.

„Nein. Es wird mir eh niemand glauben. Es war ein Mädchen. Männer werden bei so etwas nur belächelt."

„Da hast du recht. Ein Freund von mir hat Magersucht, das hatte auch jeder nur belächelt, bis er wegen Unterernährung zusammengebrochen war und ins Krankenhaus musste."

Ein Freund?

„Ich dachte, du hast keine Freunde?"

„Ich würde ihn auch nicht als Freund, sondern als Seelenverwandten bezeichnen."

„Achso."

„Aber du könntest es ja trotzdem versuchen zur Polizei gehen und Anzeige erstatten."

„Nein. Sie würden es mir nicht glauben. Ich war bereits einmal dort. Seitdem habe ich nur noch Probleme."

„Was meinst du? Davon hattest du noch nichts erzählt. Du erzählst doch sonst auch alles."

„Du erzählst ja auch nicht gerade alles."

Einen Augenblick war es still, doch dann sagte sie: „Weil ich damit selber nicht klar komme und einfach alles nur vergessen will."

„Das verstehe ich."

„Warum warst du denn bei der Polizei?"

„Weil ich meinem Lehrer vergewaltigt wurde."

11

Jackson erzählte ihr alles. Es tat ihm gut, endlich alles los zu werden, was ihn so lange plagte. Und dann auch mal Verständnis - und zwar echtes - entgegen zu bekommen.

„Ist das der Grund, warum du auf die Seite gegangen bist?", fragte Madlen.

Er bejahte.

„Und dir wurde einfach nicht geglaubt? Nicht mal von deiner Mutter?"

„Nein. Am Anfang ja schon, aber dann wurde auch ihr Kopf verdreht."

„Gib bitte nicht auf. Ich habe dich echt liebgewonnen und will nicht noch jemanden ve-…
Halte bitte einfach durch."

Was meint sie? Was wollte sie noch sagen?

Jackson sah verwundert aus, aber schob die Verwirrung erstmal beiseite. „Nein. Werde ich nicht. Aber ich will trotzdem hier weg. Einfach nur weg."

„Wollen wir unsere Adressen austauschen? Wir können uns ja mal treffen. Das wäre sicher angenehmer, als immer nur zu telefonieren."

„Ja, gerne."

Jacksons Herz klopfte ganz schnell. Sie hatten wirklich ihre Adressen ausgetauscht.

Soweit wohnt sie ja gar nicht mal entfernt. Ob ich sie nächstes Wochenende mal besuchen sollte? Dann könnten wir zusammen für unsere Prüfungen lernen. Das wäre echt toll.

12

Das Wochenende ging wieder schnell rum, seine Mutter hatte nichts von der Suspendierung mitbekommen, aber auf ihrer Arbeit hatten anscheinend welche ihren Sohn als Lügner und Problememacher mitbekommen. Das kratzte an ihren Nerven, weswegen sie sich Urlaub nahm -und das auch von ihrem Sohn. Zwei Wochen wollte sie wegfahren, zu ihren Eltern, da es bei ihnen sowieso etwas problematisch aussah. Sie hoffte, dass sie von den Gerüchten über ihren Enkel noch nichts mitbekommen hatten. Jackson musste dafür wieder in die Schule. Und eine schlimme Überraschung würde ihn dort erwarten.

Er kam in die Klasse. Verwundert sah er die Männer an, die seinen Fall betreut hatten und als Lüge darstellten. Wollten sie seinen Fall doch wieder aufnehmen und überarbeiten? Hatten sie es doch etwas unklar gefunden?
  Gerade als, sein Herz einen Freudensprung darüber machen wollte, sackte es ihm schon zu

Boden.

„Das ist er! Er hat mich vergewaltigt.“

Ich soll was?

„Ich hatte mich nicht getraut etwas zu sagen, weil er sagte, dass er mich sonst umbringen würde, aber ich habe es einfach nicht mehr ausgehalten. Wo er es am Freitag, wo ich ihm wieder die Sachen gebracht habe, erneut versucht hatte.“ Sie klang so weinerlich.

Diese Lügnerin.

„Kamst du deswegen zu uns, dass du vergewaltigt worden bist, um deine eigene Tat zu vertuschen?“

Jackson war völlig mit der plötzlichen Überraschung überfordert. Was war denn auf einmal los?

„Was? Nein! Ich habe niemanden vergewaltigt! So etwas würde ich nie tun! Sie hat versucht mich zu vergewaltigen!“

„Ein so kleines, dürres Mädchen, soll versucht haben einen so großen Jungen - wie du es bist - vergewaltigt zu haben?

Angeblich erst dein Lehrer und jetzt soll sie es versucht haben? Das klingt doch sehr unrealistisch, merkst du doch sicher selber? Versuchst du allen Situationen mit menschlicher Konfrontation auf diese Art aus dem Weg zu gehen?“

„Hör endlich auf zu lügen, du dreckiger Bastard!“, schrie nun einer der Jungs dazwischen.

Er sah das Mädchen, wie sie vorspielte zu weinen. Die anderen Mädchen versuchten sie zu trösten und sahen ihn Gift spuckend an.

„Gesteh einfach, dann können wir uns den

(größten) Papierkram sparen. Wir werden dich so oder so dran bekommen, Junge. Wir sind gute Polizisten. Wir schaffen das."

Gute Polizisten?

Sie schaffen das?

Jackson fing an zu lachen. „Ich habe nichts zu gestehen. Und wo wollen Sie mich dran bekommen? Wenn Sie nicht einmal eine echte Tat aufdecken können? Wie wollen Sie da eine Lüge aufdecken?"

Der Polizist wurde rot, so wie eine Zeit zuvor sein Direktor. „Was für ein ungezogener Junge bist du? Du bist vielleicht noch nicht ganz volljährig, dennoch kann ich dich schon festnehmen!

Hier mit nehme ich dich fest."

„Wegen was? Ich kenne meine Rechte. Ich bin unschuldig! Und hier gibt es sowieso das Recht unschuldig bis zum Beweis des Gegenteils! Das muss ich mir hier wirklich nicht geben!"

„Beamtenbeleidigung!"

„Ich habe niemanden beleidigt und nur Tatsachen festgestellt, deswegen darf ich nicht festgenommen werden."

„Dann werde ich dich dennoch befragen können!"

„Aber nicht festnehmen! Sie wollen mich ohne jegliche Beweise festnehmen.

Sie sollen ein guter Polizist sein? Wo haben sie ihre Ausbildung her? Von Wish bestellt? Ich wurde verbal verletzt, in dem ich als Bastard bezeichnet wurde, dagegen haben Sie ja auch nichts unternommen"

Der Polizist holte schon zu einem Schlag aus, ihm fiel dann jedoch ein, dass er im Dienst und Polizist war. Schnell ließ er den Arm wieder sinken.

Der Polizist kam Jackson ganz nah und hielt ihm seinen Zeigefinger unter die gerade Nase. Mit strenger und leiser Stimme sagte er: „Ich werde dich schon dran bekommen!" Dann deutete er seinem Kollegen ihm zu folgen.

•••

Träge ging jede Stunde zu Ende. Jackson wurde sogar von den Lehrern angemotzt. Er solle sich entschuldigen, bei Herr Miller, bei dem Jungen den er angeblich zusammengeschlagen hatte und mittlerweile auch noch bei dem Mädchen. Manche sagten sogar, dass sie ihn schlagen würden, wenn er ihr Sohn wäre.

Warum soll ich mich immer bei denen entschuldigen, die mich ungerecht behandeln? Das ist doch nicht fair! Ich habe nichts gemacht. Warum werde ich für ihre Taten beschuldigt?

Alles was mir angetan wurde, was sie mir angetan haben, wird mir – von ihnen - vorgeworfen, dass ich es angeblich getan hätte.

Entnervt lief Jackson nach Hause. Er öffnete den Briefkasten und fand einen Brief darin, der an ihn Adressiert war. Er dachte erst, dass er vielleicht von seiner Mutter hätte sein können, doch es stand nicht ihr Name darauf.

Das ist von meinem Ausbildungsplatz. Sie hatten mir doch schon eine Zusage geschickt, warum bekomme ich noch einen Brief von ihnen?

Während er den Brief aufriss, lief er in das Haus. Drin zog er erstmal seine Schuhe und Jacke aus und lief dann in die Küche.

Ein einziger Zettel, den er auseinanderfaltete. Sofort las er ihn und fing an zu zittern.

War das wirklich war? Konnte das wirklich war sein?

Er ließ den Zettel aus seiner zitternden Hand fallen, dass er auf den hellen Holzboden fiel.

Aber warum? Was ist denn passiert, dass sie plötzlich ihre Meinung ändern und mich mit so einem lächerlichen Brief abwimmeln?

Da ging ihm plötzlich ein Licht auf.

Könnte es etwa sein, dass alles zu ihnen weitergetragen wurde? Warum sollten sie sonst schreiben, dass eine Person meines Verhaltens ungeeignet für ihre Einrichtung wäre?

Und wer sollte es ihnen gesagt haben? Vielleicht der Direktor? Wollte er mir etwa so ein auswischen, weil ich mich nicht bei diesem Monster entschuldigen wollte? Oder dieses Miststück, weil ich sie abgewiesen habe? Vielleicht ja sogar das Monster höchstpersönlich?

Nein, ich glaube nicht, dass er so weit gehen würde und dem Miststück würden sie sicher auch nicht so leichtfertig glauben. Es muss schon etwas vom Direktor ausgegangen sein.

Dieser Mistkerl! Das kann er doch nicht einfach machen! Was soll das?

Tränen schossen in seine Augen.

Mir wurde alles genommen, nur wegen dieses Mannes. Wegen einer Tat, für die ich Gerechtigkeit wollte, aber von niemandem je bekam. Stattdessen wurde ich wie Dreck behandelt.

Ich will das alles nicht mehr. Ich halte es einfach nicht mehr aus. Ich kann nicht mehr so weiter machen. Mein ganzes Leben ist deswegen ruiniert und es wird sich sicher auch nicht mehr ändern. Nie wieder.

Jackson rief die einzige Person an, die ihm überhaupt noch etwas bedeutete. Er wusste zwar nicht, was er sagen sollte, aber er brauchte einfach dringend Unterstützung und alleine ihre Stimme zu hören, würde ihm schon helfen.

Sie half immer.

Er musste dringend mit ihr sprechen.

Er rief sie zwar an, aber das Tuten des Handys machte ihn beinahe wahnsinnig, sein Herz raste ganz wild und er kaute auf seinen Nägeln rum, lief dabei ständig hin und her, wie ein Tier im Zoo, nur viel aufgeregter.

Also rief er sie an, weil sie wie seine Medizin war, ein Beruhigungsmittel, das ihn von schlimmen Dingen abhielt. Sie hielt ihn davon ab, dass er sich selbstzerstörte.

Genauso dachte er es sich zumindest, aber als er sie anrief, ging niemand dran. Also schrieb er ihr eine Nachricht.

Ich kann nicht mehr. Es tut mir leid. Aber ich

habe nichts mehr im Leben. Ich danke dir für alles, was du für mich getan hast. Dass du mit mir immer geschrieben und telefoniert hast, das hat mir wirklich geholfen. Aber jetzt wird wohl auch das nicht mehr helfen.

-Tschüss, Jackson

P.S. du hast eine wirklich tolle Stimme, schade, dass ich niemals das passende Gesicht dazu sehen werde.

13

Madlen musste früh aufstehen, sie arbeitete vor und nach der Schule.

Bald hatte sie Prüfungen, die einzige Zeit, wo sie mal nicht arbeiten musste.

Es war ein langer Tag für sie gewesen. Erschöpft kam sie nach Hause. Sie hatte ihr Handy vergessen, weswegen sie als erstes in ihr Zimmer lief, um nach zu sehen, ob sie irgendwelche Nachrichten bekommen hatte.

Sofort sah sie den verpassten Anruf. Und dann die Nachricht. Ihr Atem stockte.

Ist das sein Ernst? Habe ich nicht um etwas gebeten? Hatte er der Bitte nicht zugestimmt? Will er mich eigentlich komplett verarschen!?

Schnell zog sie sich wieder an und rannte raus zu ihrem Auto.

Hoffentlich erwische ich ihn noch. Bitte, bitte, bitte.

14

Jackson lief zur Schule.

Er hatte einen Abschiedsbrief an alle geschrieben. Einen separaten hatte er seiner Mutter geschrieben. Er wollte ihn in den Schulbriefkasten bringen und dann wieder verschwinden, um alles für seinen Selbstmord vorzubereiten, doch da hörte er etwas.

Schreie?

Jackson sah auf sein Handy.

Wie viel Uhr ist es denn, dass noch jemand hier ist? 16:54 Uhr. Da müssten doch alle schon nach Hause gegangen sein.

Jackson musste plötzlich an seine schmerzliche Erinnerung denken.

Das war auch die Uhrzeit, wo ich das Gespräch wegen meiner Biologienote hatte.

Und hatte ich vorhin nicht den Hausmeister wegfahren sehen? Und man sieht den Parkplatz doch vom Biologieraum?

Sofort rannte Jackson die Treppe nach oben. Er vergaß den Brief, den er bereits in den Briefkasten der Schule geworfen hatte. Er musste nur an eins denken:

Ich muss sein nächstes Opfer retten!

15

Heute hatte er also sein Gespräch. Ganz aufgeregt, stand er vor dem Schulgebäude.

Schnell hüpfte er die Treppenstufen nach oben. Der Biologieraum war im obersten Stock. Er hasst es, Treppen zu benutzen, er empfand es einfach als zu anstrengend. Dennoch lief er nach oben und ignorierte die für ihn so große Qual.

Es waren zwei Bioräume, beide im obersten Stock. Er musste in den, wo eine Wand voller Schränke war. Manche mit Scheiben, wo man allerlei sehen konnte. Knochen, ausgestopfte oder präparierte Tiere und so weiter.

Sein Lehrer saß bereits an einem Tisch und wartete darauf, dass er zu ihm lief. Er trat ein und schloss die Tür hinter sich. Er war nervös.

Warum bin ich nur so nervös? So schlecht ist meine Note doch gar nicht. Oder bin ich mir unsicher wegen dem, was Jackson gesagt hatte? Aber es waren ja noch ein paar der Mädchen vor mir dran. Ich sollte mir deswegen nicht so viel Gedanken machen. Dann schwitzen meine Hände wenigstens nicht so.

Er wischte sich seine Hände an seiner Hose ab.

„Hallo, ganz schön warm heute, oder?", fragte er seinen Lehrer und setzte sich ihm gegenüber.

Er sah aus dem Fenster, ehe er seinem Schüler antwortete. „Stimmt wohl, aber wir haben ja auch Sommer."

„Also das was Jackson Ihnen angetan hat, das kann ich einfach nicht glauben."

Wirklich nicht? Warum bin ich mir dann so unsicher?

„Ach, damit hätte ich wohl rechnen müssen. Aber das wirst du mir ja nicht auch antun?"

„Was? Aber natürlich nicht! Ich verstehe sowieso nicht, warum jemand so etwas tun sollte. Und dann sind Sie ja auch noch unser Lehrer."

„Na dann bin ich ja beruhigt." Er stand auf. „Dann können wir uns ja jetzt über deine Note unterhalten." Er lief zu seinem Schüler, dass er direkt hinter ihm stand. Er legte ein Blatt vor sie auf den Tisch. Ein lautes Pochen entstand dadurch. Leicht zuckte er zusammen, mit der Hoffnung, dass sein Lehrer es nicht mitbekommen hatte und wenn doch, um es schnell zu überspielen, fing er an zu fragen: „Sind das meine gesamten Noten dieses Schuljahres?"

Sein Lehrer fing an zu erklären, was man alles bessern könnte, aber er hörte ihm gar nicht erst zu, so nervös war er. Dieses unwohle Gefühl, das ihn plagte, wollte einfach nicht wieder verschwinden. Gingen ihm die Worte von Jackson wirklich so ins Mark?

Ich fühle mich unwohl, aber wenn ich was dagegen sage, denkt er vielleicht, dass ich Jackson ja vielleicht doch irgendwie glaubte.

Aber seine Brust klebt ja schon an meinem Rücken und er hat meine Schulter umfasst, während er auf dem Blatt irgendwelche Sachen zeigte.

Wenn ich ihn frage, ob er etwas von mir wegrücken könnte und mich nicht so anfassen soll, dann könnte er das auch denken. Lieber nichts sagen, damit ich ihn nicht unangenehm fühlen lasse: Mit Jackson hatte r ja schon genug Probleme, da will ich ihm nicht auch noch welche zumuten:

Er zuckte zusammen, als ein warmer Atem an seinem Ohr entlang streifte. Ruckartig drehte er sich um. „Äh. Was? Tut mir leid, ich habe gerade nicht zu gehört."

„Hast du etwa Angst vor mir? Das hatte ich gefragt", kam es von seinem Lehrer.

„Nein, wieso sollte ich?"

„Weil du so zitterst."

„Ja, weil mir so warm ist."

„Dann sollten wir wohl was dagegen unternehmen."

Erleichterung überkam den Jungen, als sein Lehrer von ihm abließ, bis zu dem Moment, als er fragte: „Und du würdest wirklich nie so etwas über mich verbreiten?"

„Nein! Natürlich nicht! Das habe ich Ihnen doch schon längst gesagt."

„Das ist gut."

Sein Zittern fing wieder an, als ihn sein Lehrer plötzlich packte und er nur noch erschrocken losschreien konnte.

16

Jackson rannte die Treppe nach oben und riss die Tür zum Biologieraum auf.

Da war er, sein Peiniger, wie er ein weiteres Opfer über einen Tisch drückte.

„Lassen Sie ihn los!", schrie Jackson ihn an.

Sein Lehrer sah erst schockiert aus, fasste sich aber schnell wieder. „Ach Jackson, du bist es nur. Willst du etwa mitmachen?"

Jackson rannte auf ihn los und trat ihn so stark, dass er von dem Jungen weg wisch und zu Boden fiel. Schnell stand er wieder auf.

Der Junge zog sich augenblicklich seine Hose wieder an. Schützend stellte er sich hinter Jackson.

„Hat er irgendwas getan?", fragte er den Jungen.

„Nein, noch nicht. Du bist zum Glück rechtzeitig dazu gekommen."

Der Lehrer stand auf.

Jackson wollte sich nicht wieder unterworfen fühlen, aber da wurde er an seinem Arm gepackt. „Dann nehme ich mir eben dich", grinste er Jackson an. Mit finsterem Blick sah er den anderen Jungen an. „Hau ab. Und kein Wort hier drüber. Dir wird ohnehin niemand glauben. Ich meine, du könntest, wenn du wie Jackson enden willst. Verspottet und am Ende seiner Nerven. Wenn ich ihn mir so ansehe sogar am Ende seines Lebens. Und jetzt verschwinde!"

Mit Hilfesuchenden Augen sah Jackson ihn an. Verrat.

Die Augen des Jungen waren so groß und schockiert. Schnell rannte er weg und Jackson ließ all seine Hoffnungen fallen.

2Dann sind wir ja jetzt für uns allein", hauchte ihm sein Lehrer in sein Ohr.

•••

Der Junge rannte so schnell er konnte.

Sollte ich zur Polizei gehen? Oder es doch lieber lassen? Aber Jackson haben sie auch nicht geglaubt. Mir werden sie auch nicht glauben. Ich sollte es für mich behalten und einfach nur verschwinden. Und ich sollte hoffen, nein, beten, dass ich nie wieder mit diesem Scheusal alleine sein werde.

Er sah ein Auto auf dem Parkplatz parken. Ein Mädchen kam heraus, mit langen blonden Haaren.

Wer ist das? Die kenne ich ja gar nicht. Egal, ich muss schnell hier weg.

Sie lief zu ihm. „Alles in Ordnung bei dir?", fragte sie ihn. Ein kalter Schauer jagte ihm dabei über seinen Rücken.

„Nein. Äh, ich meine ja. Ich muss schnell weg." Sofort rannte er davon.

Sie merkte direkt, dass etwas nicht stimmte und rannte in das Gebäude. Sie hörte einen Schrei. *Bitte, bitte lass noch nichts passiert sein.*

●●●

Jackson rannte im Raum umher. Er hatte seinen Lehrer geschlagen, um sich von ihm befreien zu können. Nun versuchte er es irgendwie aus dem Raum zu schaffen, aber ihm wurde immer der Weg versperrt. Und dann wurde er immer mehr in eine Ecke gedrängt.

Als Kind spielte er immer gerne Fangen, aber das war kein Spiel, das war bitterer Ernst. Eine Hölle, aus der er anscheinend nicht entkommen konnte.

Und dann fing er an zu schreien. Er wusste, dass es Sinnlos war, aber er wusste sich einfach nicht weiter zu helfen.

„Das brauchst du gar nicht erst versuchen. Es ist niemand da", sagte sein Lehrer und sprang auf ihn los.

Jackson wollte noch ausweichen, aber da wurde er schon gepackt. Sein Arm wurde nach hinten gedreht, damit er sich nicht wehren konnte.

„Du wirst mir niemals entkommen", wurde Jackson in sein Ohr gezischt. „Und mal nebenbei. Du warst mir bis jetzt der Liebste." Er zog an seinen Sachen.

Erschrocken stoppte er im Geschehen, als die Tür auf ging. Ein blondes Mädchen stand in der Tür. Jacksons Augen wurden größer.

Ist das? Kann das sei? Aber ... Wie?

„Wer bist du?", fragte sein Lehrer. „Du gehst hier nicht an die Schule."

Sie sah beide erschrocken an, aber ihr Blick wurde schnell finster. Sie antwortete ihm nicht, stattdessen rannte sie auf ihn los und riss ihn von Jackson weg.

„Du Irrer!", schrie sie ihn an.

Wut kroch in ihm hoch. „Du kleine Göre ... Was fällt dir ein!" Er sprang auf und packte sie an ihren Haaren.

Erschrocken schrie sie auf.

„Bei einem Mädchen wollte ich das eigentlich nicht. Die sind nicht so verschlossen und ihnen glaubt man eher. Aber wenn du es nicht anders haben willst!" Er griff nach ihrer Brust.

Sie versuchte sich von ihm zu lösen. Da es mit Händen und Füßen nichts half, verpasste sie ihm von hinten aus eine Kopfnuss.

„Ah! Meine Nase!"

Ein harter Schlag halte durch den Raum. Sie fasste sich an ihre schmerzende Wange.

Jackson kam schnell zu ihr und stellte sich schützend vor sie. „Lass sie in Ruhe!", schrie Jackson seinen Lehrer an. Dieser grinste jedoch nur.

„Was denn? Willst du sie etwa beschützen? Ach ist das süß. Dabei kannst du dich selber ja nicht einmal beschützen."

Sein Lehrer wollte schon zum nächsten Schlag ausholen, als eine tiefe Stimme rief: „Halt! Stehen bleiben!"

Was macht die Polizei denn hier? Wer hat die denn geholt?, fragte sich Jackson und sah das Mädchen an. Ihre verletzten Augen trafen ihn mitten ins Herz und ließen ihm ein schlechtes Gefühl in seinem Magen zurück.

„Was ich?", fragte der Lehrer.

Der Polizist nickte, mit ernstem Gesicht.

„Aber warum das denn? Ich habe doch gar nichts gemacht. Ich wollte das Mädchen doch nur vor diesem Jungen beschützen. Er wollte sie als nächstes vergewaltigen!"

„Hör auf zu lügen!", schrie ihn das Mädchen an, ohne die Hand von ihrer Wange zu nehmen.

„Wieso denn lügen? Du brauchst doch nicht lügen, nur weil er dich bedroht hat!"

„Jetzt hören Sie endlich auf! Sie haben Jackson schon lange genug das Leben zur Hölle gemacht. Gestehen Sie endlich Ihre Taten und kommen Sie verdammt nochmal mit den scheiß Konsequenzen klar!" Der Polizist nahm Handschellen und legte sie dem Lehrer an. „Sie werden festgenommen, wegen Verdacht, Ihre Schüler sexuell - und dafür auch ihre Position als Lehrer - Missbraucht zu haben."

Ja, dieser Mistkerl hat es wirklich genossen in einer höheren Position, als die anderen zu sein. Er hat es genossen, dass niemand etwas gegen ihn ausrichten konnte. Dieses machthungrige Arschloch, er hat alles Schlechte verdient. Und selbst jetzt noch, versucht er sich irgendwie daraus zu winden, dabei sollte er einfach nur endlich gestehen, damit dieser Albtraum endlich ein Ende hat.

Der Polizist ging zu den beiden Jugendlichen. „Bitte schreibt mir eure Namen, Adressen und Telefonnummern auf, damit wir euch kontaktieren können, während des Prozesses." Er überreichte ihnen einen Block. „Für den Fall, dass wir eine Aussage von euch brauchen."

Beide nickten und schrieben alles auf den Block.

Der Polizist bedankte sich bei beiden und führte dann den Lehrer ab, während sich sein Kollege an die beiden wendete, sich nach ihrem Zustand erkundete und sagte: „Ihr könnt jetzt gehen, solltet ihr allerdings noch emotionale Unterstützung brauchen, oder so, dann könnt ihr euch gerne an diese Nummer wenden." Er überreichte ihnen ein Kärtchen, mit einer Telefonnummer und einem Doktortitel.

Ein Psychologe.

Die Polizisten führten beide noch hinaus.

Das Mädchen griff nach Jacksons Hand, da er nicht so recht wusste, wo er hinsollte. Er wirkte durcheinander, abweisend, irritiert, als wäre er nicht da. Ob er von allem überfordert war? Sie selber war ja noch ganz verwirrt. Das Ganze mussten sie beide wohl erst einmal verarbeiten.

Es war immer noch hell. Im Winter wäre es bereits dunkel gewesen.

Sie kamen an einem Auto an.

„Komm, steig ein", sagte das Mädchen und öffnete die Fahrertür, schon dabei einzusteigen, doch im letzten Moment wurde sie davon abgehalten.

Jackson griff nach ihrem Arm und fragte mit

betroffener Miene: „Bist du es? Bist du Madlen?"

17

Jackson sah sie erwartungsvoll an.

„Ja, die bin ich und jetzt komm. Steig ein."

Er ließ von ihr ab und stieg neben sie in das Auto ein.

Eine Weile saßen sie einfach nur da und sahen das Schulgebäude durch die Frontschutzscheibe an.

„Woher wusstest du wo ich war? Woher wusstest du überhaupt, wo meine Schule ist? Und wie kommt es dazu, dass du hergekommen bist?", überhäufte Jackson sie augenblicklich mit Fragen.

Sie musste leicht grinsen. Sie startete das Auto und sah ihn kurz an, ehe sie losfuhr. Er wartete auf eine Antwort, aber es kam keine. Nicht auf nur eine Frage. Und dann sah er, wo sie hinfuhr. Sie parkte vor seinem Haus.

„Lass uns lieber hier reden."

Er sah sie erstaunt an. Beide stiegen aus und liefen in das leere Haus. Als sie drin waren, fragte Madlen, wo seine Mutter war.

„Sie kann meinen Anblick nicht ertragen." Er lief

hoch zu seinem Zimmer und sie folgte ihm unauffällig. Sobald sie sich auf sein Bett setzten und die Decke anstarrten, fing Madlen nach einer langen Weile des Schweigens, zu sprechen an.

„Ich hatte deine Nachricht gelesen. Da wusste ich sofort, was los war. Ich bin ins Auto gestiegen und zu dir nach Hause gefahren -wegen dir habe ich sicher einige rote Ampeln übersehen. Aber da war niemand. Eine deiner Nachbarinnen hat mir gesagt, dass du weggegangen seist. Da dachte ich mir, dass deine Schule wohl der einzige Ort war, wo du hin gehen könntest. Zumindest hatte ich das gehofft. Ich wollte nicht, dass dir etwas passiert. Also hatte ich im Internet nach deiner Schule gesucht und hatte sofort ein Ergebnis. Ich bin hingefahren und mir kam sofort ein hysterischer Junge entgegen. Ich habe natürlich direkt gemerkt, dass etwas nicht stimmte, weswegen ich die Polizei angerufen hatte." Sie starrte nicht länger die Decke an, sondern sah stattdessen ihre Hände an. „Ich habe dich schreien hören", sagte sie ganz leise. „Ich dachte schon, dass ich zu spät gekommen wäre."

Mit großen Augen sah er sie an. Vorsichtig griff er nach ihrer Hand.

„Warum machst du dir deswegen solche Gedanken?", fragte Jackson.

Sie sah ihn an. „Warum nicht? Wir sind doch Freunde. Ich hatte dir doch bereits gesagt, dass ich nicht noch jemanden verlieren will."

„Ja. Aber was meinst du genau damit? Oder willst du es mir wieder nicht sagen, weil es deine Probleme sind und du nicht über deine Probleme reden willst?"

„Eigentlich hättest du sogar recht damit. Allerdings ist es bei dir anders. Du musstest durchleben, was auch bei mir einst ein großes Problem im Leben war.“

„Was, wurdest du etwa auch vergewaltigt?“

Wie alt sie da wohl gewesen sein mag?, fragte sich Jackson. *Ob sie sehr gelitten hat? War es nur einmal? Und von wem?*

„Ich selber nicht, aber eine Person, die mir sehr wichtig war.“

Eine Person die ihr sehr wichtig war. Wer das wohl gewesen sein mag? Vielleicht eine Freundin? Aber seit mir das passiert ist, sehe ich die Welt mit anderen Augen. Also ist es vielleicht ja sogar ein Junge? Wurde er vielleicht vergewaltigt und wollte dann deswegen nichts mehr mit ihr zu tun haben? Ihr scheint das wirklich nahe zu gehen.

„Weißt du, ich habe mir Gedanken darüber gemacht, wie du dich wohl die ganze Zeit über gefühlt haben musst. Und wie ich dir wohl helfen könnte. Aber da ist mir aufgefallen, dass ich mir nicht einmal selber helfen kann. Wie sollte ich da dir also helfen? Aber ich hatte es dennoch versucht. Aber wie es aussieht hatte es nichts gebracht.“

Hat sie das wirklich so beschäftigt? Ich hatte nie daran gedacht, wie andere sich dabei fühlen könnten. Ich war zu sehr damit beschäftigt nicht zu leiden. Aber ich hatte immer nur gelitten, egal, wie sehr ich es auch versucht hatte. Ich hätte aber auch nicht gedacht, dass mich irgendwer mögen könnte. Dass irgendwer will, dass ich am Leben bleibe.

„Ich werde dir alles erzählen. Vielleicht hilft das ja etwas. Du wirst zwar nie wieder derselbe sein, aber vielleicht hilft es dir, die Geschehnisse zu verarbeiten."

„Meinst du?"

„Da bin ich mir sogar sehr sicher. Vielleicht hilft es mir selber ja sogar."

„Ich finde es toll, dass du mir so ein Vertrauen entgegenbringst. Wo du ja bereits deine Meinung über private Äußerungen bekannt gegeben hast. Dafür bin ich dir sehr dankbar." Er umarmte sie, nur kurz und nur leicht, aber es genügte, dass Madlen ganz verwirrt wurde.

Sie lächelte ihn kurz an. „Vielleicht tue ich das nicht nur für dich, sondern auch für mich -vielleicht tue ich das viel eher für mich. Vielleicht verarbeite ich dadurch selber auch einiges. Du könntest gerade nur eine Art Zwischenmann sein."

„Dann ist es eben so. Du hast mir bereits mehr als genug geholfen -mehr, als sonst irgendwer. Da würde es doch das Mindeste sein, wenn ich dir im Gegenzug dafür helfe."

Sie atmete tief durch, als sie merkte, dass ihre Augen ganz feucht und ihre Sicht verschwommen wurde. Sie nickte. „Na gut. Wo sollte ich am besten anfangen? Am besten beim Tod meines Vaters."

Beim Tod ihres Vaters? Ist das so lange her? Woran er wohl gestorben ist?

„Hör mir gut zu, denn es ist mir sehr wichtig."

„Warum sollte ich nicht zuhören?"

„Ich wollte es dir einfach nur nochmal gesagt haben. Ich wollte einfach nur die Sicherheit haben, dass es dir nicht egal ist."

Er nickte. „Ich verstehe."

Sie musste wieder leicht lächeln. „Okay, dann lege ich mal los." Sie atmete nochmal durch – damit erhoffte sie sich, ihr Zittern ein wenig unter Kontrolle zu bekommen - und fing dann an zu erzählen.

18

9 Jahre zuvor

Meine Mutter hatte den Tod meines Vaters nicht sehr
gut verkraftet. Bei seiner Beerdigung war sie völlig
am Boden zerstört. Sie wollte ihn erst gar nicht
beerdigen. Schon als er krank war, hing sie völlig an
ihm fest. Uns beachtete sie kaum noch. Er war ihr
Leben, alles, was sie hatte. Und dann starb er.

Erst überkam sie die Trauer. Sie lag nur in ihrem
Bett und starrte die Decke an. Sie wollte nicht
schlafen, essen, duschen oder trinken. Sie wollte nur
im Bett liegen und die Decke anstarren.

Irgendwann gingen wir bei anderen nach Hilfe
suchen. Zwei Wochen später kam täglich jemand
vorbei und kümmerte sich um sie. Sie war in einem
schlechten Zustand.

Eines Tages, konnte niemand kommen. Also
brachte mein Bruder ihr essen. Da sah sie ihn an.
Strich über sein Gesicht und fing an zu lächeln.

„Du siehst aus wie dein Vater", sagte sie und fing
an in Freudentränen auszubrechen.

Sie verließ wieder ihr Bett und aß mit uns am Tisch.
Die Leute dachten, dass sich ihr Zustand gebessert

hatte. Wir dachten das auch. Wir dachten auch, dass wir selber endlich die Zeit hatten, zu trauern, da wir uns nicht mehr um unsere Mutter sorgen brauchten. Aber wir hatten uns geirrt.

Sie wurde meinem Bruder gegenüber immer liebevoller. Er war dreizehn, so wie ich. Er war mein Zwilling, ich wurde zuerst geboren. Obwohl wir Zwillinge waren, sah ich aus wie unsere Mutter und er wie unser Vater. Das, was wir erst so toll fanden, wurde irgendwann der Anfang eines Albtraums. Sie wurde ihm gegenüber immer aufdringlicher. Bis sie ihn eines Abends zu sich holte.

Sie fühlte sich alleine, sagte sie. Sie wollte jemanden bei sich haben. Und das war das erste Mal, als sie ihn ...

Ich hörte seine verzweifelten Schreie. Wie er nach Hilfe schrie. Wie er von ihr wissen wollte, warum sie das tat. Dabei war es uns beiden klar. Er sah seinem Vater einfach zu ähnlich.

Er traute sich erst nicht zu sagen, was sie ihm angetan hatte. Doch dann suchte er sich Hilfe. Es hatte Wochen gedauert, aber er tat es. Aber keiner glaubte ihm.

„Wie kannst du nur so etwas furchtbares behaupten!? Deine Mutter hat doch schon genug zu leiden!" Nur solche Sachen bekam er entgegen. Ich versuchte es auch. Aber wir wurden nur als abscheuliche Kinder bezeichnet. Wie wir unserer Mutter nur so etwas antun könnten?

Wir gaben die Hoffnung auf.

Sollte man bei Kindern nicht sofort reagieren, wenn sie um Hilfe bitten? Bis heute kann ich einfach nicht verstehen, warum uns niemand helfen wollte, wo doch alle immer sagen, dass man Kinder schützen muss.

Zwei Jahre vergingen.

Ich klopfte immer an die Tür und schrie, dass sie ihn in Ruhe lassen soll. Aber sie hatte angefangen mich einzusperren und ihr Zimmer war sowieso abgesperrt. Mein Bruder war gefesselt, wehrlos. Ein Albtraum.

Ich will es mir nicht vorstellen, wie schrecklich das für ihn gewesen sein musste -und das bei seiner eigenen Mutter. Nachts weinte er. Er schlief immer bei mir. In der Schule wurden wir nicht besser behandelt. Sie hatten davon erfahren, als wir nach Hilfe gesucht hatten. Mein Bruder bekam schwere Depressionen. Leider werden Jungen bei sowas nicht beachtet – zumindest in den allermeisten Fällen -, so wie, dass ihnen bei Vergewaltigungen nicht geglaubt wird. Zu meinem Bruder sagten sie sogar, dass er es doch wollte. Männer wollen schließlich immer nur das eine.

So ein Schwachsinn!

Seine Depressionen wurden schlimmer, er fing an sich zu ritzen. Und je schlimmer es wurde, umso schlimmer wurde er behandelt.

Irgendwann reichte es mir. Ich versuchte es erneut. Ich kämpfte dafür, dass sie dafür leidet, für das, was sie ihrem Sohn angetan hatte. Auch bei der Polizei. Mein Kampf dauerte Jahre lang – von Beginn an -, aber irgendwann, wurde sie festgenommen.

Ich mochte die Polizisten nicht, aber ich hatte nie jemanden mit einem solchen Gesichtsausdruck gesehen, das mehr bedauern ausgedrückt hatte, wie bei diesen Männern. Sie entschuldigten sich bei mir, so oft, aber ich wollte nichts von ihnen wissen.

Mein Bruder war erlöst -zumindest von unserer Mutter. Aber der Grund, warum es rauskam, war ein anderer.

Mein Bruder hatte einen Abschiedsbrief geschrieben. Ich wollte es verhindern, aber es war zu spät. Er lag im Krankenhaus, als er mir sagte: „Ich kann das nicht mehr. Ich liebe dich, aber du erinnerst mich zu sehr an sie. Immer, wenn ich dich sehe, glaube ich sie bei mir zu haben." Diese Worte haben sich so sehr in meinen Kopf gepflanzt. Ich werde sie niemals vergessen können. Im Krankenhaus hat man seine Wunden von den Fesseln gesehen. Unsere Mutter wurde festgenommen. Und ich war alleine.

Das war vor fast drei Jahren. Und ich weiß immer noch nicht genau, wie ich mich verhalten soll. Ich bin weggezogen -in eine Wohngruppe. Ich konnte nicht länger dortbleiben. Es erinnert mich immer an seine Schreie, seine Worte, wie er blutend in meinen Armen lag -aber auch das Jugendamt sagte, dass sie mich woanders unterbringen müssten, da ich nicht ohne erwachsene Aufsicht leben dürfte, obwohl es jemand erwachsenes war (meine eigene Mutter!), die uns sowas angetan hatte. Alleine wäre ich – wären wir – besser dran gewesen.

Ich habe die Sachen immer noch. Ich bringe es einfach nicht über mich, sie zu waschen oder wegzuwerfen.

Und kurz darauf ist meine beste Freundin verschwunden. Da war es genau wie bei dir, nur konnte ich sie nicht retten. Es hieß von einem Mitschüler, dass sie sich von einer Brücke gestürzt hatte, aber es wurde nie eine Leiche gefunden. Manche vermuteten, dass sie einfach abgehauen ist, andere glauben, dass jemand ihre Leiche(nteile) mitgenommen hat. Sie war noch so jung -etwas jünger, als ich.

Ich hatte Monate lang Albträume. Dann bin ich auf diese Seite gegangen.

Da warst du und ich dachte mir, wenn ich jemandem helfe, dann komme ich vielleicht mit mir selber klar. Ich ging nicht davon aus, jemanden zu treffen, der dasselbe durchlebt hatte. Ich dachte, es würde einfach nur jemand sein, der ein paar Streitigkeiten mit anderen Mitschülern hatte. Aber nein. Du warst da und sofort war ich wieder in meine Vergangenheit zurückgesetzt.

19

Jackson sah sie Fassungslos an.

Und sie hatte nie versucht sich umzubringen, obwohl alles so viel schlimmer bei ihr war? Obwohl sie nichts im Leben hatte? Absolut gar nichts?

Sie konnte ihre Tränen nicht mehr zurückhalten.

Jackson schlang behutsam seine Arme um sie. Vorsichtig strich er über ihren Kopf und machte dabei beruhigende Geräusche. Sie beruhigte sich dann wirklich nach einer Weile. Sie wischte sich ihre Tränen vom Gesicht und bedankte sich bei ihm.

Er sah sie mit festem Ausdruck im Gesicht an. „Ich glaube, dass ich jetzt verstehe, was du damals meintest."

„Ja." Sie nickte, da fiel ihr noch etwas ein. „Ach ja, meine Mutter ist jetzt wirklich tot. Sie hat im Gefängnis Selbstmord begangen, am Todestag meines Vaters."

„Dann hast du jetzt wohl wirklich nichts mehr", kommentierte Jackson.

„In meinen Augen war sie nie etwas in meinem Leben, zumindest nicht, seit dem Tod meines Vaters."

„Verstehe. Aber ein paar Fragen hätte ich dann doch."

„Und die wären?"

„Was ist mit dir passiert, nach der Verhaftung deiner Mutter? Warst du bei Verwandten?"

„Nein. Wir haben keine Verwandten. Mein Vater war Einzelkind. Seine Eltern sind kurz vor ihm gestorben. Meine Mutter ist im Heim aufgewachsen. Wer weiß, vielleicht hatte sie da irgendwas Schlimmes erlebt, was ihrer Psyche nicht gutgetan hatte. Ich wurde in eine Wohngemeinschaft gebracht. Ich war ja noch nicht ganz volljährig. Als ich es dann war und ein paar Ersparnisse hatte, bin ich in meine eigene Wohnung gezogen."

„Achso.

Und die Polizei? Was war da genau?"

„Sie hatten sich noch ein paar Male bei mir gemeldet. Hatten mir einen Psychiater empfohlen. Lauter solcher Sachen. Ich hatte ihnen gesagt, dass ich davon nichts wissen will. Und selbst wenn ich gezwungen werden würde, dann würde ich nicht mit ihm reden, da es niemanden etwas anging, so wie es niemanden Interessiert hatte. Dieses plötzliche: Wir interessieren uns für dich, aber vorher wart ihr uns egal. Ich wollte kein falsches Mitleid oder Mitgefühl. Ich wollte damals nur Hilfe."

„Und warum hast du nie Selbstmordversuche gestartet?"

„Ich hatte sogar mehrfach versucht, mir das Leben zu nehmen. Aber mein Bruder wollte ein Versprechen von mir, dass ich für uns beide leben sollte. Immer wenn ich es versucht hatte, musste ich daran denken. Und dann fing ich an zu weinen und konnte es nicht über mich bringen."

Sie hatte es also doch versucht.

Jackson sah nach unten. „Das muss ziemlich hart für euch gewesen sein."

Madlen nickte. „Ja. Und dann auch noch nur, weil er ein Junge war. Wäre er ein Mädchen gewesen, dann hätte man ihm geglaubt. Dann hätte man dir geglaubt. Das Gesellschaftlichedenken sollte sich da wirklich mal ändern. Und dann hatten es alle auch nur nicht glauben wollen, weil unsere Mutter vor den Augen anderer immer so überführsorglich aussah. Dabei war sie nur so, weil er wie Vater aussah. Da hatte nicht einmal die Polizei was gesagt. Mutter hatte nach dem Tod unseres Vaters schrecklich geschrien, so tat sie es auch bei dem Selbstmord meines Bruders. Für sie musste es so gewesen sein, als wäre er ein zweites Mal gestorben. Im Prinzip war es ja auch so." Madlen sah ihn nicht an. Sie war viel zu sehr mit sich selber beschäftigt. Doch dann fiel ihr etwas ein. „Hattest du nicht mal gesagt, dass du diesen Monat Geburtstag hast?"

Jackson nickte.

„Ja, warum?"

„Würdest du mir sagen, an welchem Tag genau?"

20

Jackson bekam einen extra Prüfungsbogen, wegen seinem mentalen Zustand. Er bekam einiges erlassen. Bestanden hatte er alle, wirklich beruhigt war er deswegen dennoch nicht. Sein Zeugnis holte er sich kurz in der Schule ab. Madlen hatte ihn hingefahren, nachdem er seine Sachen gepackt hatte.

Alle hatten den Mut ihn zu beleidigen, zu schlagen, ihm irgendwas an den Kopf zu werfen und allerlei Gemeinheiten entgegen zu bringen, aber keiner hatte den Mut sich bei ihm zu entschuldigen. Sie hatten nicht mal den Mut ihn anzusehen. Sie fühlten sich schlecht, das war ihm klar. Aber er konnte ihnen kein Mitleid entgegenbringen. Dafür ging es ihm wegen ihnen allen zu schlecht und sie hatten ihm auch keins entgegengebracht.

Er wurde an diesem Tag achtzehn. Für Madlen war das immer ein schrecklicher Tag, weil sich ihr Bruder da umgebracht hatte, aber dank Jackson konnte sie endlich wieder was Schönes darin sehen.

Er hatte seine Sachen gepackt. Seine Mutter würde ihn nie wiedersehen, egal wie leid es ihr auch tat. Er hatte niemanden mehr gehabt, und die Person, die er am meisten brauchte, hatte sich von ihm abgewandt. Er ging mit zu Madlen nach Hause. Es sollte sein Neuanfang werden.

Lehrer hat Schüler vergewaltigt
Jetzt trauen sich auch alte Opfer etwas zu sagen.

Jackson las den Titel der Zeitung. Er wurde erwähnt. Es stand da, dass er viel durchmachen musste, seit dem, dass niemand ihm glaubte. Es stand auch da, dass man mal einen Gedanken Wandel anstreben sollte. Damit sich mehr Jungen und Männer trauten, solche Vorfälle zu melden.

Sollte. Wenn ich das schon lesen. Das muss es! Das sollte es nicht! Es muss! Eigentlich sollte es nicht mal müssen. Eigentlich sollte es schon längst so sein. Aber nein. Männern wird ja immer noch vorgeworfen, dass sie gar nicht vergewaltigt werden können. Und wenn dann mal eine Frau ihn sexuell belästigt oder misshandelt, dann wird er sowieso nur ausgelacht oder es wird nur gesagt, dass er das ja sowieso wollte oder ihm ja gefallen haben muss. Ist ja ein Mann. Kann ja anders gar nicht sein. Einfach nur traurig.

Er hatte sogar preisgegeben, wie viele er vergewaltigt hatte. Ein Interview war dabei.

Wann haben sie damit angefangen und warum?

Nun ja, angefangen hatte es vor etwa zehn oder zwölf Jahren. Meine Frau hatte mich verlassen. Ich wollte Nähe und Liebe. Bei einem Jungen ist es im Kopf, dass er stark zu sein hat. Genauso ist es Gesellschaftlich schon gegeben, dass ihnen weniger geglaubt wird. Besonders bei so was. Ich dränge sie auch darauf und sage ihnen, dass sie lieber nichts sagen. Es würde ihnen ja ohne hin niemand glauben. Dann habe ich meinen Spaß mit ihnen. Hat ja auch lange genug funktioniert. Und es hat mir immer Spaß gemacht.

Unsere nächste Frage, warum nur Jungen, hätten Sie damit schon beantwortet.
   Was ist mit der Anzahl? Es haben sich ja einige schon gemeldet, was Sie ihnen angetan haben. Wie viele haben Sie schon vergewaltigt?

Nun, jedes Jahr nehme ich mir zwei Schüler, aus zwei verschiedenen Klassen vor. Immer die Abschlussklassen. Also sind es jetzt dreiundzwanzig. Der letzte ist mir entwischt und dann wollte ich doch mal ein Mädchen nehmen, aber da kam leider die Polizei dazwischen.

Erinnern Sie sich noch an die Namen ihrer Opfer?

Nicht wirklich. An ein paar vielleicht, aber ganz sicher nicht alle. Die Namen sind sowieso egal. Nur wie es sich angefühlt hat nicht.

Uns wurde berichtet, dass sich ein paar von ihnen deswegen umgebracht haben. Wie empfinden Sie das?

Das stört mich nicht. Damit hatte ich nur weniger zu befürchten.

Das stört Sie ganz und gar nicht, dass sich ihre ehemaligen Schüler wegen Ihnen umgebracht haben?

Nein. Ganz und gar nicht. Warum sollte ich auch? Es ist ihr Problem, wenn sie damit nicht umgehen können. Nicht meins.

Welch eine ekelhafte Person er doch ist. Und wie kann man so etwas veröffentlichen? Denkt denn niemand an die Opfer? Wie es uns verletzt und fertig macht, so etwas zu sehen? Wie es uns noch mehr auf den Boden drückt?

Jackson knüllt die Zeitung zusammen und wirft sie in seinen Fußraum.

„Hast du es dir etwa durchgelesen?", fragt ihn Madlen.

Jackson nickte. Ein finsterer Blick lag in seinem Gesicht.

„Warum? Das macht dich doch nur noch mehr kaputt, besonders bei so einem schrecklichen Menschen."

Jackson verschränkt seine Arme. „Es stört mich einfach. Er wird nie wieder als Lehrer arbeiten dürfen und bekommt ein paar Jahre Gefängnisstrafe. Das ist meiner Meinung nach einfach nicht genug. Er sollte leiden. So wie alle anderen. Und dann noch dieses Interview. Es kommt mir so harmlos vor, wenn ich es lese. Als wäre es nur eine Game Show oder so was. *Was? Das hat er wirklich gesagt? Ach wie lustig.* Was ein großer Leidensprozess das alles ist, das kommt gar nicht richtig zur Geltung. Die ganzen Opfer kommen gar nicht richtig zur Geltung. So, als würde es gar nicht um sie gehen, als würden sie nicht existieren. Sie bringen gar nicht richtige zur Geltung, wie wichtig ein Umdenken ist, damit sich Jungen und Männer mehr trauen, solche Leute anzuzeigen und es nicht in sich zu fressen und im schlimmsten Fall sogar Selbstmord zu begehen."

„Wenigstens haben sie die Nummer gegen Kummer und andere Hilfsorganisationen angegeben."

„Das ist dennoch nicht genug. Darunter haben wir immerhin unser ganzes Leben zu leiden. Und dann bekommen wir nicht mal eine Entschädigung, ja nicht mal eine Entschuldigung. Und auch keine Aufmerksamkeit, auf dieses Problem, stattdessen bekommen wir nur noch mehr Hass entgegengesetzt."

„Ich weiß. Aber mal anderes Thema. Was ist aus den Schlägertypen geworden?"

„Da haben ein paar Kinder aufgenommen, wie die mich beleidigt und zusammengeschlagen haben. Das wurde der Polizei als Beweismittel übergeben. Sie haben nur eine Verwarnung, sowie einen Eintrag in ihr Führungszeugnis, und eine Geldstrafe bekommen. Aber viel Geld war es auch nicht. Na wenigstens genug, um einen Neustart in mein Leben zu meistern. Dann kann ich das alles endlich hinter mir lassen."

Madlen nickte. „Und das Mädchen, das dir vorgeworfen hat, dass du sie vergewaltigt hättest?"

„Ist mit einer Verwarnung davon gekommen, so wie alle anderen.

Und dann kam noch der Direktor, mit seinen lächerlichen Entschuldigungen.

Ach wenn er das nur gewusst hätte. Und kann ich ihm verzeihen? Und es tut ihm ja so leid.

Ich hätte beinah gekotzt bei seiner Heuchelei. Dabei hatte ich es oft genug gesagt, habe es oft genug versucht, deutlich zu machen. Auf die Schüler wird dabei nun mal weniger geachtet, sondern eher auf die Lehrer. Sieht man doch auch oft genug in anderen Situationen. Es gibt eben immer noch ein Hierarchiesystem, statt auf einer Augenhöhe. Oder zumindest beidseitiger Respekt, aber Lehrer verlangen immer Respekt, bringen Schülern und Schülerinnen dafür aber keinen entgegen. Beim Direktor ist es da nicht anders, aber der merkt es nicht mal -wo er es wahrscheinlich nicht mal mit Absicht macht.

Seine Entschuldigung war außerdem nicht ehrlich, es ging ihm nur um sein eigenes (schlechtes) Gewissen und nicht um mich."

„Keine Sorge. Bald wird alles besser.

Was ist mit deiner Mutter?"

„Ich habe ihr einen Brief hinterlassen." Er schaute aus dem Fenster, sah alles so schnell an sich vorbeiziehen. „Sie wird mich nie wieder sehen."

Epilog

Jeden Tag bekam Jackson über seinen Instagram-account irgendwelche Freundschaftsanfragen. Oder Leute schrieben ihn, wie sehr ihnen das alles Leid täte. Oder sie würden ihn verstehen. All so was. Aber niemand verstand ihn. Keiner hatte durchmachen müssen, was er durchmachen musste. Nicht mal Ansatzweise. Aber er ignorierte alles. Er war nur froh, endlich einen Ort gefunden zu haben, an dem er willkommen war und glücklich werden konnte. Oder zumindest glücklicher.

Madlen war Balsam für seine Seele und er mochte sie sehr.

Er hatte sich einen neuen Ausbildungsplatz gesucht, an einem Ort, an dem ihn niemand kannte, an dem niemand seine Geschichte kannte.

Er lebte einfach glücklicher. So mit Madlen zusammen.

Und dann hatte er noch eine Nachricht von seiner Mutter bekommen, wie leid ihr alles tat und dass er doch bitte zu ihr zurücksollte. Er schrieb noch ab und zu mit ihr, aber er wusste, dass er sie nie wieder sehen würde und auch nicht wiedersehen wollte. Er wurde so sehr von ihr enttäuscht und im Stich gelassen. Sie war nicht mehr seine Mutter, nur noch dir Frau, die ihn geboren hatte. Aber das war egal. Alles war egal. Er hatte von vorne angefangen. Und endlich fühlte er sich frei.

Nachwort

Dieses Buch bedeutet mir unglaublich viel.

Ich bin Feministin. Was bedeutet, dass ich Gleichberechtigung will. Dazu zählt aber nicht nur das Recht der Frauen zu stärken, sondern auch das der Männer.

Wie sollen wir mehr Rechte verlangen, wenn wir nicht auch für die anderer kämpfen? Mit diesem Buch versuche ich das Recht der Männer zu stärken. Sie sollen nicht diejenigen sein, die immer die Starken spielen müssen. Sie sollen auch ein Recht zu weinen haben. Sie sollen das Recht haben angehört und ernst genommen zu werden, wenn sie depressiv sind, unter einer Essstörung oder sexueller Misshandlung oder der gleichen leiden.

Besonders im emotionalen Bereich, werden Männer kaum beachtet oder wahrgenommen. Und mal ganz ehrlich. Wenn ein Mann dieses Buch geschrieben hätte, wie ernst hätte man es dann genommen? Männer sind kaum repräsentiert in so was.

Ich kenne nur Filme und Bücher in denen es um Frauen bei so was geht. Ja, die meisten davon basieren auf wahren Begebenheiten. Aber es gibt auch Männer denen so etwas passiert (und deswegen sogar gesagt wird, dass man sie deswegen nicht mehr als richtigen Mann sehen kann). Und da spielt es absolut keine Rolle, dass die meisten Verbrecher dabei Männer sind. Das ändert nämlich nichts an der Opferrolle.

Und wenn ihnen mehr gezeigt wird, dass sie offen darüber reden können, dass man es versteht und sie nicht verurteilt, dann trauen sich Männer vielleicht mal auch über so was zu sprechen. Vielleicht kommt ja dann mal ein Film über einen vergewaltigten Mann raus, der vielleicht auch auf wahrer Begebenheit basiert.

Für diese Themen sollte die Gesellschaft auf jeden Fall offener werden. Und auch den Jungen nicht beibringen, dass sie keine Gefühle zu zeigen haben oder immer alles in sich rein fressen müssen.

Ein Wunsch der Gleichberechtigung, der hoffentlich sehr bald in Erfüllung geht. Auch wenn es am schönsten wäre, wenn es gar nicht erst zur Sprache kommen müsste, sondern direkt akzeptiert wird. Oder am besten sogar gar nicht erst passiert, dass es so was wie Vergewaltiger, Depressionen oder der gleichen gibt.

Dieses Buch ist ein Aufruf an alle, diese Situation zu ändern und sich für Opfer einsetzen, ganz gleich, ob männlich oder weiblich.

Die Recherche für dieses Buch war wirklich sehr schwierig, weil man kaum etwas dazu findet. Wie so eine Befragung aussieht, wo man hinkann. Opfer. Ich konnte kaum, bis gar nicht dazu finden -und wenn, dann kam nur etwas zu Frauen und Mädchen. Daher leidet vielleicht der Realismus des Buches etwas darunter.

Ich hoffe, dass ich Opfern mit diesem Buch helfen kann.

Als Veröffentlichungstermin hätte ich gerne den 25. November genommen, allerdings sehe ich überall nur etwas von Frauen und Mädchen stehen. Irgendwie hätte ich gerne den Tag auch genommen, um zu zeigen, dass auch Männer und Jungen darunter fallen, aber irgendwie könnte das auch falsch aufgenommen werden. So könnte ich ja auch den 24. April nehmen, da würde es nämlich genauso falsch verstanden werden können. Ein weiterer guter Tag hätte der 18. Oder 19. November sein können. Aber der passendste Tag wäre wahrscheinlich einfach Männertag, also habe ich mich letzten Endes dafür entschieden. An diesem Tag geht es sowieso um die Männer, warum also nicht? Und da kann man auch mal auf ihre Problemzonen hinweisen.

Danksagung

Ich danke allen, die sich dieses Buch zu Herzen genommen haben. Ich danke besonders denen, die sich auch diese Botschaft zu Herzen genommen haben und dabei sind, sie umzusetzen.

.